AF400611

Das Buch:

Was tun Sie, wenn eines der größten Unternehmen der Welt Ihnen einen Deal anbietet - Ihr ungeborenes Kind gegen eine sorgenfreie Zukunft?

Hätten Sie Zweifel, wenn es um Terraforming geht - für die Erde? Selbst wenn Sie dabei zuschauen könnten?

Was übergibt man Außerirdischen als Willkommensgeschenk? Und - ganz wichtig - welche Informationen?

Sollten Sie sich freuen, wenn ein Zeitreisender Sie besucht - oder ist dies eher ein Grund zur Sorge?

Wie so oft hängt die Beantwortung von Fragen vom Blickwinkel des Betrachters ab. Also - sehen Sie genau hin.

Der Autor:

Oliver Reiche, geboren 1965, Bauingenieur, war einige Zeit selbstständiger Unternehmer. Mittlerweile arbeitet er als Projektleiter in der Bau- und Immobilienbranche. Nebenbei schreibt er Science-Fiction-Romane, Kurzgeschichten, Gedichte oder Drehbücher. Er lebt mit seiner Familie in Dresden.

Von ihm ist bereits der Science-Fiction-Roman „OUTSIDE" verfügbar.

Weitere Informationen unter: www.oliver-reiche.de

Oliver Reiche

PRIMUS

Science Fiction Stories

Bibliografische Information der Deutschen Nationalbibliothek:
Die Deutsche Nationalbibliothek verzeichnet diese Publikation in der Deutschen Nationalbibliografie; detaillierte bibliografische Daten sind im Internet über http://dnb.dnb.de abrufbar.

TWENTSIX – Der Self-Publishing-Verlag
Eine Kooperation zwischen der Verlagsgruppe Random House und BoD – Books on Demand

Cover - Illustration: Oliver Reiche

Herstellung und Verlag:
BoD – Books on Demand, Norderstedt

ISBN: 9783740745745

Inhalt

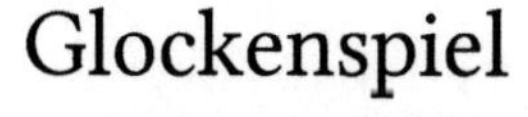

Glockenspiel

„Die Erde, die Erde", murmelte die kleine Gruppe dumpf, während Alund dazu mit einer alten, silberfarbenen Glocke läutete. Sie schwang in seiner Hand wie selbstständig und unregelmäßig hin und her, als wären ihr die Gesetze der Schwerkraft im Laufe der Zeit gleichgültig geworden.

Maria wischte sich ihr hüftlanges Haar aus dem Gesicht, bevor sie die graugrünen Augen mit der feingliedrigen Hand abschirmte, um den Blick von Alund hin zum gelblichen Horizont zu wenden, während sie gleichzeitig in den summenden Gleichklang der Worte einfiel.

Der Horizont wurde gehalten von grauen Metallstreben. In eine dieser wiederum eingelassen war eine übermannsgroße schwarze Tür, die einhundert Meter entfernt sein mochte. Maria wusste es nicht, denn die Entfernung war nie vermessen worden.

Denn niemand hatte sie je erreicht, diese schwarze Tür.

Maria erinnerte sich an Daniel. Daniel der Große, weil er schon als Riese auf die Welt gekommen war. Auch Daniel hatte vor vielen Jahren versucht, sich der Tür zu nähern. Misstrauisch, mit unsicheren Schritten, war er langsam dem unerreichbaren Ziel entgegengegangen, einen zerknüllten Fetzen Stoff als Talisman in der linken zitternden Hand. Er überschritt die Stelle, wo Clara Madisons Puppe, die jemand im Streit bis dahingeworfen hatte, lag. Plötzlich hörten sie das Knistern, jenes unheimliche Geräusch, dem sie manchmal nachts lauschten.

Aus sicherer Entfernung mussten sie und die Gruppe beobachten, wie seine schwarzen Kopfhaare, ein kurzer widerspenstiger Schopf, zu Berge standen. Diese dicken Haare, die sich beim darüberstreichen manchmal anfühlten wie die Füllung der Decken, auf denen sie schliefen. Dann begann sich ein Ring aus feurigen Strahlen um seinen Kopf zu bilden. Sie tänzelnden auf und nieder, zuckten immer stärker hin und her, als würden sie in demselben Maß, wie es bei Daniel abnahm, an Leben gewinnen. Winzige blassblaue Funken liefen über seine Kleidung, über das aus der Hose hängende Hemd, über seine verkrampfte Hand mit dem Taschentuch.

Daniel war tapfer weiter gegangen, seine Bewegungen jedoch schienen langsamer zu werden. Selbst auf diese Entfernung vermeinte sie seinen körperlichen Schmerz zu fühlen.

Er schaffte noch fünfzehn Schritte. Plötzlich schlug eine Flamme empor, umhüllte ihn, umstrich seinen Körper und zehrte ihn auf. Er wehrte sich, eine kurze Zeit sah es so aus, als würde er tanzen. Ein einsamer, wilder Tanz ohne Musik, der mit Daniels Tod endete.

Das schwarze Etwas lag still in sich zusammengesunken. Einzelne rauchige Spiralen stiegen von dem Körper empor und lösten sich mit zunehmender Höhe auf.

Ein unangenehmer Geruch wehte allmählich hinüber.

Er hätte umkehren können. Daniel hätte einfach umkehren können, wie ehemals Tasala und Maxwell, und vielleicht wäre dann ebenfalls nichts geschehen. Aber sie hatten ihre Bestimmung. Alund sagte, jeder hätte seine Bestimmung. Und seiner Bestimmung könnte man nicht entfliehen.

Sie erinnerte sich auch an Lesters Worte. Lester hatte ihr einmal zugeflüstert, jene blauen, hin und her springenden Lichter wären kleine grausame, flinke Tiere, die in den dünnen schwarzen Leitungen hausten und zubissen, wenn man unvorsichtig genug war und sich ihnen zu sehr näherte.

Aber Lester war seit dem Tag der Niederkunft ein wenig wirr im Kopf gewesen und hatte viel erzählt, um sich die Zeit zu vertreiben. Als er noch ganz klein war, sei die

Sonne aufgegangen und untergegangen. Es wäre langsam hell geworden und langsam wieder dunkel. Überhaupt hätte es zwei verschiedene Arten Licht gegeben. Das war einer der Beweise, das Lester nicht ganz richtig im Kopf war: Die Sonne war früh ebenso mit einem Schlag da, wie sie abends geschwind weg war, und die Nächte waren sternenlos und voller summender, knisternde Geräusche machender Dämonen.

*

Osborne stand von seinem Stuhl auf und hob das Glas, worauf die Anwesenden respektvoll verstummten. „Danke." Er nickte ihnen zu und lächelte ein wenig selbstgefällig, bevor er zu sprechen begann. Er besaß eine klare, ruhige Stimme. „Ich danke euch. Ich danke euch für zehn Jahre kooperativer Zusammenarbeit und auch Freundschaft. Für euer Verständnis und die Opferbereitschaft. Für eurer Tatkraft. Dafür, dass ihr so lange meine ... Diktatur erduldet habt."

Eine Frau mit dünnen roten Haaren warf ihm verstohlen eine Kusshand zu. Osborne bemerkte es dennoch und verneigte sich leicht. „Und ich danke den Frauen, dass sie es so lange mit uns Männern ausgehalten haben - zumindest haben sie nie protestiert. Auch darauf möchte ich mein Glas erheben."

Er trank einen winzigen Schluck, und die anderen folgten seinem Beispiel.

Osborne setzte sich auf die abgerundete Kante eines Tisches.

„Ich erinnere mich, als vor sechs Jahren die Mitglieder der wilden Bande geboren wurden." Er lachte ein wenig. „Acht gesunde rosige Babys ohne genetische Defekte, entgegen allen Vorbehalten von der Erde. Die ersten echten Einheimischen, wenn man so will. Lauter süße Eingeborene. Manche etwas wilder als Maxwell, manche etwas ruhiger als Maria. Ich denke, anlässlich des heutigen Tages können wir die Dinge etwas ruhiger angehen lassen. Die nächste Schicht beginnt einundzwanzig Uhr. Bis dahin gebe ich euch frei. Schwelgt in Erinnerungen, spielt etwas, liebt euch, nutzt die Zeit."

Mit einer lässigen Handbewegung dämpfte er das schnell aufkommende Gekicher. Die meisten von ihnen hatten sich schon während der letzten vierundzwanzig Stunden des Tages den einen oder anderen Schluck genehmigt. Sie wurden schnell betrunken, denn Alkohol wurde nur zu besonderen Anlässen ausgegeben.

Und besondere Anlässe gab es so gut wie nie.

*

Dell und Simm betraten den spärlich beleuchteten, in die Tiefe führenden Gang. Sie hörten, wie sich das Tor der Sicherheitsschleuse hinter ihnen schloss, dann hüllte sie die Stille ein. Selbst das Geräusch ihre Schritte wurde von den weichen, gepolsterten Sohlen ihre Stiefel und dem nachgiebigen Material des Bodenbelages geschluckt.

Simm deutete in die Dunkelheit vor ihnen, seine Stimme klang seltsam gedämpft. „Mein Gott, Dell, wenn du so lange unter einer ..., einer Art Glocke leben würdest? Wäre das nicht faszinierend?" Er wartete einige Schritte lang erfolglos auf eine Antwort, bis er fortfuhr. „Nichts und niemand lenkt dich ab. Du musst dich nicht um Politik kümmern, dir keine Nachrichten über Krisen und Kriege anhören und niemanden aus deiner Verwandtschaft am Doomsdayabend besuchen. Stell´ dir vor, Dell, du hättest *Bücher* mitgenommen."

„Bücher?", wandte Dell schließlich träge ein. „Wer

macht denn so etwas?"

„Das du dich nur nicht irrst. Das Chaos hat einen gewaltigen Schub gebracht. Eine Renaissance der Bücher. Wer heutzutage etwas auf sich hält, besitzt Bücher."

Dell lächelte geringschätzig und winkte ab. Es schien eine schwere und gleichwohl endgültige Geste zu sein.

„Mein Gott, Dell. Man kann sie *lesen*, die Bücher. Die ganze Philosophie, die ganze verdammte Wissenschaft kannst du lesen!" Die Augen von Simm glänzten.

„Ach ja?" Aus Dells Kehle kam stoßweises ein gequältes Lachen. „Hast du in Vorbereitung auf diese Mission etwa ein einziges Buch gelesen? Wie lange benötigt man im Durchschnitt für vierhundert Seiten Text? Zwei Wochen? Zwei Monate? Ohne die Implantatindustrie wären wir ganz schön aufgeschmissen. Ich sage dir, wer heutzutage etwas auf sich hält, bestellt ein Implantat mit Spezialwissen. Sündhaft teuer, aber die Zeitersparnis ist enorm."

„Aber ich *würde* Bücher lesen", verteidigte sich Simm. „Berichte über das beginnende Chaos. Wie ein Schwamm würde ich Informationen aufsaugen. Unzensierte Bücher von früher. Allerdings frage ich mich manchmal, wie sie solche Projekte in die Wege gebracht haben bei dem Grad an Einfältigkeit, den sie damals an den Tag gelegt haben." Er wies erneut mit dem Kinn in Richtung der vor ihnen liegenden Dunkelheit. „In höchstem Grad erstaunlich."

„Du bist ein Träumer, Simm: unzensierte Bücher. Warum nicht gleich alte *Filme*, he?"

Simm gab keine Antwort.

Sie überschritten eine gelbe Linie, die die Hälfte des Tunnels markierte, und schritten weiter voran in die Dunkelheit.

*

Die rothaarige Frau lag nackt auf dem Bett in Osborns Kabine. Wenn sie nach dem Kalender ging, war heute ein günstiger Zeitpunkt für die Empfängnis. Sie versuchte sich an den Tag zu erinnern, als sie ihren gemeinsamen Sohn Daniel zur Welt gebracht hatte, Daniel den Großen. Es fiel ihr schwer, so viel war in den letzten sechs Jahren geschehen. Wann eigentlich hatte er aufgehört, im Schlaf zu lächeln? Wann hatte er das erste Mal gezielt nach einem Gegenstand gegriffen? So viele Details waren schon in Vergessenheit geraten.

Osborne kam in das Zimmer und setzte sich zu ihr. Wenn er mit ihr allein war, wirkte er immer etwas linkisch und verlegen.

Sie schwiegen eine Weile, bis sie seine Hand nahm und sie behutsam auf ihren Bauch legte. „Was macht der Rest und wie geht es den Kindern?", fragte sie schließlich und richtet sich halb auf.

Osborne lächelte matt. „Ich glaube, heute wird der Keim für eine neue Generation gesät, denn es haben sich alle in ihre Schlafzimmer zurückgezogen. Clara, Maria, Alund, Maxwell, unser Spross, alle Kinder sitzen alle brav im Gewächshaus, der Stimmung wegen. Tasala und Lester lesen ihnen etwas vor. Sie wollten mir allerdings um keinen Preis sagen, was es ist."

„Wahrscheinlich eines dieser Bücher, die sie von daheim mitgebracht haben. Ich habe nicht die geringste Ahnung, wo Tasala sie versteckt." Sie winkte ab. „Aber ich will es auch gar nicht wissen. Soll sie ruhig ihre Geheimnisse haben."

„Ein zwölfjähriges Kind braucht Geheimnisse. Außerdem müssen sie sich gegenüber dieser wilden Bande von Sechsjährigen einen Vorteil verschaffen", erklärte ihr Osborne. „Ich habe Tasala gesagt, dass ich die Versammlung in zwei Stunden beende. Ich denke, heute können wir etwas großzügiger sein."

„Ganz ohne Hintergedanken?" Die rothaarige Frau nahm seine Hand von ihrem Bauch und biss vorsichtig hinein, wobei sie ihm in die Augen sah. „Zwei Stunden ist eine lange Zeit", murmelte sie, horchte jedoch plötzlich auf. „Hörst du es auch, dieses Geräusch?"

*

Torr hatte sie bei der Auswertung zuerst gesehen, was wohl mehr an einem glücklich Zufall als an der Schärfe seiner Augen lag. Wie die Spitze eines Eisberges ragte eine Strebe verloren aus dem Sand empor.

Dell landete das Schiff fast einen Kilometer von dieser Stelle entfernt, da sie noch nicht wussten, in welcher Richtung sich die Station erstreckte.

Was für ein Fiasko, wenn die Station durch sie zerstört werden würde, denn immerhin war es *theoretisch* möglich, dass es noch Überlebende gab. Dass eine der zweiundzwanzig Personen, die die Union hierher geschickt hatte, noch lebte. Eine von jenen zwanzig Erwachsenen und zwei Kindern, zu denen nach zehn Jahren, fast auf den Tag genau, der Kontakt abgebrochen war. Nicht zu vergessen natürlich die acht Babys, die sechs Jahre nach Ankunft der Kolonisten fast auf einen Schlag zur Welt gekommen waren.

Dell allerdings glaubte anfangs nicht daran, dass es noch Überlebende gab. Und wenn, waren sie komplett wahnsinnig. Niemand, der in einer Enklave von vier Mal zwanzigtausend Quadratmetern lebte, konnte auf die Dauer bei klarem Verstand bleiben.

Und überhaupt, hatten sie damals nicht gewusst, dass der Wind auf diesem Planeten thermischen Schwankungen unterworfen war und die gewählte Stelle, auf der sie die Station gebaut hatten, sich damit als denkbar ungünstig erweisen würde? Oder dass ein Meteoritenschwarm aller achtzehn Jahre über den winzigen Planeten herfiel?

Pech für die Kolonisten, dass die Union und der überwiegende Teil der Menschheit zum Zeitpunkt des Kontaktabbruches eine Zeit lang andere Probleme hatte, als zwei Dutzend Leuten zu helfen, denen ein paar Millionen Kilometer weiter die Puste ausging.

Die Sache geriet dreißig Jahre in Vergessenheit, bis schließlich jemand in den Archiven auf einen Planeten stieß, der zu neunzig Prozent aus Sand und Gestein bestand und auf dem vielleicht noch ein paar Menschen auf ihren Rückflug oder auch nur auf eine simple Botschaft warteten.

Torr und Simm werteten die Informationen der Spezialimplantate aus.

Die Station besaß die Form eines fünfblättrigen Kleeblattes. So gab es einen Sektor für die Schlaf- und Aufenthaltsräume und für die Nahrungsmittelherstellung. In den anderen Sektoren befanden sich die Energieanlagen, Arbeitsplätze, Laboratorien und Krankenstation. Die Sektoren waren über Gänge miteinander verbunden.

Sie hatten gehofft, zwischen den aus dem Sand ragenden Streben auf durchsichtiges Material zu treffen, um in das Innere schauen zu können.

Bis in eine Tiefe von zwei Metern hatten sie deshalb die Roboter den Sand beräumen lassen. Ihre Zuversicht wurde enttäuscht. Die festen Platten waren nicht durchsichtig. Ein leises Knacken und Nachgeben der Konstruktion hatte sie schließlich zur Aufgabe gezwungen.

Aber es gab Überlebende. Das verrieten die winzigen Sonden, die sie durch die Außenhülle gesteckt hatten. Wie sie ebenfalls bald wussten, lieferte das Energiezentrum der Station genug Strom für die nächsten dreihundert Jahre.

Die Räumungsroboter benötigten zehn Tage, um vom Schiff zu der Station einen begehbaren Gang zu graben, dessen Sohle dreißig Meter unter der Oberfläche im ewigen Sand dieses Planeten lag.

Der Gang würde auf einen der Haupteingänge treffen, auf eine übermannshohe schwarze Tür, eingelassen in eine der Metallstreben.

*

Maria erinnerte sich nur bruchstückhaft an das Beben und den Knall.

Mitten während der Geschichte, die Tasala aus ihrem sorgsam gehüteten Buch vorlas, hörte sie ein feines Zischen, als ströme Luft aus einem Ventil. Das Zischen wurde allmählich etwas lauter, klang aber keinesfalls bedrohlich. Dann vernahm sie ein weit entferntes Geräusch, das wie ein scharfes `Plopp´ klang. Unmittelbar darauf begann der Boden leicht zu vibrieren.

Tasala hatte aufgehört zu lesen. Lester versammelte die acht jüngeren Kinder zu einem kleinen ängstlichen Kreis.

Die Vibrationen nahmen weiter zu. Verschiedene kleinere Gegenstände begannen durch den Raum zu tanzen.

Plötzlich huschte ein riesiger blitzschneller Schatten wie ein Wimpernschlag über sie hinweg, fast im gleichen Moment erfolgte der Einschlag. Sie wurden zu Boden geworfen, aus den Regalen fielen Töpfe und zersplitterten. Alle Kinder hatten vor Angst geschrien.

Dann war es vorbei. Nur die Blätter der Grünpflanzen wippten noch auf und ab.

Minuten später machte sich die kleine Gruppe voller Furcht auf den Weg zu ihren Eltern.

Doch die Verbindungsgänge, die sowohl von dem Gewächshaus als auch von den Arbeitsräumen zu den Schlaf- und Aufenthaltsräumen führten, waren hermetisch abgeriegelt.

Und obwohl sie erst sechs Jahre alt war wusste Maria, dass eine Abriegelung nur unter einer bestimmten Voraussetzung erfolgte - und diese schreckliche Bestimmung war erfüllt wurden.

Ihre grüngrauen Augen waren voller Tränen, während Tasala sie an ihre schmale Brust drückte. „Du musst nicht weinen, Maria, du musst nicht weinen", flüsterte Tasala ununterbrochen. Dabei weinte sie selbst am meisten.

*

In zweihundert Metern Entfernung, am Ende des Ganges, sahen sie ein einsames müdes Licht brennen, und nach einer unangenehmen Weile des Schweigens begann Simm erneut.

„Nichts desto trotz", sinnierte er tiefgründig, wobei er die Arme hinter dem Rücken verschränkte. „Es ist faszinierend. Du bist mit allem versorgt. Gefiltertes glasklares Trinkwasser direkt aus dem Tiefengestein. Pralle, tiefrote Tomaten von biegsamen, gut riechenden Sträuchern. Dicke Kartoffeln aus frischer, feinkrümliger Erde. Vielleicht sogar ein wenig süße Milch. Die ganzen guten alten Dinge, Dell. Abends liegst du mit gefülltem Bauch unter der Heizsonne und wackelst fröhlich mit den nackten Zehen, während du das oberste Buch vom Stapel nimmst."

„Wie bist du mit diesen Ansichten durch die Tests gekommen?", fragte Dell ein wenig bissig. „Du erwartest doch nicht im Ernst, dass sie die ganze Zeit nur gelesen haben? Das ich nicht lache. Lauter wohlgenährte lächelnde Buddhas mit vergeistigten Gesichtern, die von der Realität so weit entfernt sind wie von der Erde. Wissen die überhaupt, wer *gewonnen* hat?" Er schüttelte entrüstet den Kopf und zeigte in die Richtung, in die sie gingen.

Vor ihnen begannen sich die Umrisse einer Tür abzuzeichnen.

*

Maria bemerkte erst nach einer Weile, dass der doppelt so alte Lester seit dem Tag der Niederkunft nicht mehr derselbe unbekümmerte intelligente Junge war wie vorher. Als hätte ein winziger Bruchteil des Meteoriten, oder was auch immer die Zerstörung verursacht hatte, an diesem Tag in seinem Gehirn eingeschlagen und die Basis seiner Vernunft und seines Denkens an manchen Stellen einfach ausgelöscht.

Und so blieb die Versorgung und Erziehung der acht Kinder, einer wilden Bande von Sechsjährigen, weitestgehend an ihrem großen Vorbild, an Tasala hängen. Tasala brachte ihnen alles bei, was sie über das Leben wusste. Soviel, wie ein zwölfjähriges Mädchen über das Leben wusste, fernab der Erde.

Doch sie hatten Glück. Die Versorgungsautomatik für das Trinkwasser lief einfach weiter, und so konnten sie zu jeder Zeit und in beliebiger Menge über gefiltertes, glasklares Trinkwasser direkt aus dem Tiefengestein verfügen. Sie ernteten das erste Jahr pralle tiefrote Tomaten von gut riechenden Sträuchern und holten Kartoffeln aus frischer, feinkrümliger Erde.

Doch auch Tasala kannte das Geheimnis nicht, mit dessen Hilfe man die Menge der Aussaat, die Fruchtbarkeit des Bodens und viele andere kleine bedeutsame Dinge steuern konnte. Und zwei Jahre nach dem Tag des Einschlages, den sie später den Tag der Niederkunft nannten, verschlechterte sich die Qualität ihrer Nahrung rapide. Doch die Kolonisten hatten als Notration drei Tonnen einer Art Teig mitgenommen, aus dem man problemlos Plinsen backen konnte. Diese waren nicht besonders wohlschmeckend, aber sie füllten den Magen.

Es mochten zehn oder elf Jahre nach der Niederkunft vergangen sein, als Tasala und Lester eines Tages plötzlich verschwanden.

Es wurde ein kleiner, von beiden unterschriebener Zettel gefunden. Sie würden zurückkehren, stand darauf. Irgendwann. Maria, Clara, Alund und die anderen würden es schon schaffen. Viel Glück.

Sei diesem Tag war die Tür zu Lesters Unterkunft von innen verschlossen und blieb es auch.

„Die Erde, die Erde." Alund läutete mit seiner Glocke, und das Ritual ging weiter.

Maria horchte auf. Sie war sich nicht sicher. Mit einem Mal schien etwas anders zu sein. Als würde etwas fehlen. Oder ein Geräusch. Ein Rhythmus. Plötzlich wurde es dunkel.

*

Die beiden Männer von der Erde erreichten das Ende des Ganges. Die Tür vor ihnen war schwarz, fast drei Meter hoch und zwischen den Streben eingelassen. Der Räumungsroboter hatte erwartungsgemäß Präzisionsarbeit geleistet. Die Wände des Ganges schlossen auf den Millimeter mit dem Rahmen der Tür ab.

Die Männer sahen sich an.

„Ich hoffe …", begann Simm, wurde jedoch von Dell unterbrochen. „Ich hoffe ebenso wie du, Simm. Also los."

Simm sprach eine paar Worte zu ihrem Kameraden Torr, der im Raumschiff auf sie wartete. Torr langte hinüber zu einer Konsole, hob die Arretierung auf und legte einen Schalter um.

Der Stromkreis der Station brach zusammen.

Durch den Meteoriteneinschlag war die sensible Elektronik der Station beschädigt worden. Ein Teil des Energiepotentials der Station war auf den umlaufenden Ringerder umgeleitet worden, während die Beleuchtung seitdem zufällig in scheinbar ewig gleichbleibendem Rhythmus erlosch und wieder anging.

Wären sie bei eingeschaltetem Strom durch die Tür gegangen, hätten sie wahrscheinlich erst aufgeleuchtet wie ein St. Elms Feuer und wären dann verbrannt.

Simm schloss das kleine mitgebrachte Energiemodul an das Steuersystem der Tür an und drückte eine Taste. Nachdem sie mehr als zwanzig Jahre untätig geruht hatte, glitt die Tür nur widerwillig in der Strebe empor.

Vor Dell und Simm lagen Dunkelheit und Stille. Dell ließ die Staustromlampe ein paar Meter vorfahren und schaltete sie an.

Sie sahen eine kleine Gruppe von vier Menschen, die vielleicht sechzig Meter von ihnen entfernt stehen mochten. Sie schienen eine Versammlung abzuhalten oder zu beten, einer von ihnen hielt etwas in seiner Hand, was wie eine Glocke aussah.

Schließlich kam eine Frau aus der Gruppe auf sie zu.

Die Frau schien alt zu sein, Sie war barfuß, ihre Kleidung verschlissen. Ihr ungekämmtes Haar fiel in leichten Wellen bis auf ihre Hüfte, während in ihren grüngrauen Augen ein unruhiges Flackern lag. Sie legte ohne zu zögern eine Hand auf den Unterarm von Simm. „Ihr wart lange weg." Ihre Stimme klang federleicht und melodisch. „Wir haben uns Sorgen gemacht. Doch nun wird alles gut." Sie sah an Simm und Dell vorbei in den dunklen

Gang hinein. „Wo ist Tasala?“

Primus

Als Nara ihr Zimmer betrat, fiel ihr als erstes der blinkende grüne Punkt auf, der signalisierte, dass der Konverter eine Sendung für sie bereithielt. Es kam nicht besonders häufig vor, dass sie auf diesem Weg Dinge oder Nachrichten übermittelt bekam, und noch seltener waren diese dann positiv. Sie musste einige Kleidungsstücke und Dosen mit Nahrungsmitteln beiseite räumen, bevor sie an die den Konverter herankam. Mit einer Mischung aus Neugier und Furcht öffnete sie die Klappe, um in den kleinen Hohlraum sehen zu können. Darin lag eine glänzende, kleine Karte, noch nicht einmal so groß wie ihre Handfläche.

Sie zögerte ein paar Sekunden, bevor sie den Gegenstand mit spitzen Fingern herausnahm. Ein kaum spürbares, nicht unangenehmes Vibrieren wie von leichtem, träge pulsierendem Strom schien ihre Hand zu durchfließen.

Die Karte war auf einer Seite nur mit einem dünnen schwarzen Strich bedruckt. Als sie die Karte umdrehte und die fünf Buchstaben las, die mittig darauf standen, begannen ihre Finger zu zittern. `YABIC´ stand darauf, `Yorkshire and Bantum Industrie Corporation´, das zweitgrößte Unternehmen der Welt.

Mit immer noch zitternden Fingern schob sie die Karte in den dafür vorgesehenen Wandschlitz. Augenblicklich erschien das Gesicht eines Mannes an der Informationswand. Es war ein volles, dunkelhäutiges Gesicht mit grauen, leicht schräg stehenden Augen.

„Mein Name ist Logan Boon Sana", sagte der Mann lächelnd. „Ich bin Beauftragter der YABIC. Sie sind auserwählt, Nara. Aus diesem Grund möchte ich Sie morgen gern besuchen. Morgen neun Uhr. Sie sind danach bis zwölf Uhr von der Arbeit freigestellt. Ich freue mich, Sie kennenzulernen. Frühstücken Sie morgen nicht zu üppig, ich bringe frisches Obst und Schokolade mit."

*

Nachdem er sich vorgestellt hatte, legte Logan Boon Sana seine fleischige Hand auf ihre schmale Schulter. „Es freut uns außerordentlich, dass Sie so schnell zugesagt haben, Nara", dröhnte er in ihr Ohr. „Wir wissen das zu schätzen. Allerdings denke ich auch, dass der Name `YABIC´ für höchste Seriosität und einen gewissen Anspruch bürgt." Er dirigierte sie sanft zu einem der zwei Stühle in ihrem kleinen Zimmer, sorgfältig darauf bedacht, die herumliegenden Gegenstände und Kleidungsstücke nicht zu berühren. „Aber auch wir sind auf die Unterstützung der Bevölkerung angewiesen, deshalb, wie ich schon sagte, wissen wir Ihr Entgegenkommen zu schätzen."

Logan Boon Sana wartete, bis sie sich gesetzt hatte, dann wanderte er mit schweren Schritten um den Tisch, zog sich behutsam den zweiten Stuhl heran, setzte sich ihr gegenüber und sah sie mit glänzenden Augen an. „Ich hatte Ihnen Obst und Schokolade versprochen." Er wuchtete seine Aktenkoffer auf den Tisch, um diesem schließlich zwei unterschiedliche große Dosen sowie zwei dünne Mappen zu entnehmen. Bevor er die Dosen zu ihr herüberschob, öffnete er die Deckel. „Das Feinste vom Feinen. Gesund, nahrhaft und absolut lecker." Sein dicker Zeigefinger wies auf eine daumengroße, grünliche Frucht. „Die sollten Sie lutschen. Sie schmeckt am Anfang säuerlich, aber nach einer Weile kommt die Süße durch. Zu der Schokolade gibt es nicht viel zu sagen, außer, dass es ein Premiumprodukt ist. Ich wünsche Ihnen genussvolle Stunden."

Nara betrachtete versonnen den Inhalt der zwei Dosen, während ihr mit rasender Geschwindigkeit das Wasser im

Mund zusammenlief. „Danke", sagte sie leise.

Ihr Gegenüber nickte wohlwollend, bevor er auf eine der zwei Mappen wies. „Ihr Befund." Er legte seine schwere Hand darauf. „Die Werte könnten nicht besser sein, Nara. Herzfrequenz, Knochenausbildung, Größe des Gehirns, Beweglichkeit, Blutbild und was sonst noch alles zählt. Sie sind eine schöne, blonde, begehrenswerte Frau. Sie werden ein hervorragend gesundes männliches Baby bekommen, um dass sich die Damenwelt später reißen wird."

Sie nickte beklommen. Das war die Bestätigung ihrer Vorahnung: Sie war auserwählt auf Grund ihrer Schwangerschaft.

Ihr Besucher interpretierte ihren Gesichtsausdruck richtig. „Sie sollten sich freuen, Nara", sagte er und schob ihr lächelnd die erste Mappe mit dem Befund zu. „Wir sind sehr wählerisch, wen wir kontaktieren, um diese Art Gespräche zu führen." Seine dicken Finger schoben auch die zweite Mappe in ihre Richtung. „Nehmen Sie sich auch Zeit bei der Durchsicht des Vertrages. Notieren Sie sich Ihre Fragen, wägen Sie Pro und Contra ab. Wir können Ihnen und Ihrem Kind viel bieten, sehr viel sogar, aber es ist Ihr Kind, Ihr Leben. Und damit ist es auch Ihre Entscheidung." Er wartete noch einige Sekunden, bevor er sich erhob und ihr zunickte. „Wir holen Sie in drei Tagen hier ab. Neun Uhr. Der Termin ist nicht verhandelbar. Sie haben danach den ganzen Tag frei. Bis dahin sollten Sie sich mit den Unterlagen intensiv beschäftigt haben. Unser Ziel ist es, in drei Tagen mit Ihnen gemeinsam eine Entscheidung herbeizuführen. Wichtig ist: unterschreiben Sie vorher nichts, auch wenn Sie denken sicher zu sein, wie Ihre Entscheidung ausfällt. Weder möchten wir vorab eine Information von Ihnen, noch anderweitigen Kontakt. Das Gespräch mit Ihnen wird Magister Urs Nurham führen, er betreut dieses Projekt federführend. Und auch dann gilt: Frühstücken Sie nicht zu üppig, es erwartet Sie ein umfangreiches Buffet.“

Nara lächelte traurig. Ein üppiges Frühstück war etwas, was drei oder vier Mal im Jahr zu besonderen Anlässen stattfand. Die restlichen Tage hatte sie damit zu tun, sich ihre Quartalszuteilung an Konserven möglichst geschickt einzuteilen, um nicht hungern zu müssen.

Logan Boon Sana stand an der Zimmertür, er musterte emotionslos den vollgestopften Raum, der zugleich Wohnzimmer, Schlafzimmer, Küche und Bad darstelle.

„Wie kommen Sie zurecht, hier in Distrikt 21?“

„Es geht so.“ Das war weder gelogen, noch die Wahrheit. Sie kannte genug Leute, die wesentlich schlimmer wohnten als sie.

„Kein besonders sicheres Viertel, wie ich hörte, oder? Gibt es denn jemanden, der Sie beschützt? Sie und später auch Ihr Kind?“

„Nein, nicht direkt.“ Niemals würde sie die Namen derjenigen preisgeben, die hin und wieder ein wachsames Auge auf sie warfen, im Gegenzug für Gefälligkeiten, die zumeist aus Sex bestanden.

„Man hört von Leuten, die einfach so verschwinden. Keine schöne Sache. Passen Sie auf sich auf.“

„Ja.“

„In drei Tagen, Nara. Denken Sie gründlich nach.“

Die Zimmertür schloss sich mit einem leisen Quietschen. Nara hörte seine schweren Schritte die Treppe hinunter noch eine ganze Weile.

*

Magister Urs Nurham überragte sie um mehr als einen Kopf, besaß riesige Hände und Füße und war die fetteste

Person, die sie je getroffen hatte. Als sie vor dem Tower der YABIC standen, überredete er sie, den rundum verglasten Sphärenlift zu benutzen.

„Es wird Ihnen gefallen, Nara", versprach er ihr. „Ab dem einhundertsten Stockwerk, wenn wir über der Schicht sind, können Sie die Ruinen von New York sehen. Wir stoppen einfach den Lift. Mit einem guten Filter sehen Sie Details, die Sie nicht für möglich gehalten hätten. Finden Sie nicht auch, dass dies eine gute Idee ist?"

Der Lift glitt, mit der Geschmeidigkeit eines öligen Tropfens, vollkommen geräuschlos und sanft an der Außenhaut des Gebäudes empor.

Bereits ab dem fünfzigsten Stockwerk, als sie die Schicht durchfuhren, die jeglichen Ausblick verwehrte, wurde Nara schwindlig. Ihre verschwitzten Hände umklammerten hilfesuchend den in der Kabine umlaufenden Ring aus glänzendem Metall, und plötzlich überkam sie erneut dieses Gefühl, als würde leichter, träge dahinfließender Strom ihre Hände durchströmen.

Magister Urs Nurham beobachtete sie unverhohlen. Vielleicht lag in seinen Augen ein wenig Belustigung, aber sie war sich dessen nicht sicher. Schließlich durchstieß der Lift die Schicht. Der fette Mann wartete noch einige Sekunden, bevor er eine Taste betätigte - die sanfte Aufwärtsbewegung kam zum Stillstand.

Sie sah hinaus.

In einiger Entfernung bemerkte sie eine riesige, glitzernde Fläche. Das musste das Meer sein, von dem so viel erzählt wurde. Unglaubliche Mengen von Wasser, das man nicht trinken konnte. In der heutigen Zeit eine Verschwendung ohnegleichen.

„Ist es nicht phantastisch? Es ist irgendwie, als würde man in die Vergangenheit sehen. Finden Sie nicht auch,

Nara? Manchmal möchte ich aussteigen und fliegen“, sagte Magister Urs Nurham.

Er zeigte mit einem Finger auf etwas am Horizont. „New York. Zumindest das, was übriggeblieben ist. Eine ziemlich kostspielige Variante, um als historisches Weltkulturerbe zu gelten, meinen Sie nicht auch, Nara?“ Er lächelte breit.

Es sollte ein Scherz sein, zweifelsohne, aber sie verstand ihn nicht, da sie die Dinge nicht in den richtigen Zusammenhang bringen und auch mit dem Begriff Weltkulturerbe nichts anfangen konnte. „Ich möchte weiter“, flüsterte sie statt einer Antwort und legte eine Hand auf ihren leicht gewölbten Bauch.

Das Lächeln auf dem Gesicht des Mannes verschwand augenblicklich wie weggewischt. „Dann soll es so sein.“ Er betätigte erneut einen Knopf, die Kabinenwände verdunkelten sich ein wenig und der Sphärenlift beschleunigte kaum merklich. „Nur noch einhundertzehn Stockwerke, Nara. Wir haben es gleich geschafft.“

*

Er musste wirklich ein hohes Tier bei der YABIC sein, denn sein Büro war der luxuriöseste Raum, den sie je gesehen hatte. Alles darin glänzte und blinkte, wirkte wie frisch abgestaubt, ohne jegliche Fingerabdrücke oder Schmutzflecken, die, wie in ihrem Zimmer, auch beim zehnten Mal abwischen nicht verschwanden. Eine monströse, berauschend gesund aussehende Grünpflanze mit herrlichen dicken Blättern stand in einer Ecke zwischen zwei Regalen mit Büchern, während das überdimensionale Gemälde einer Stadt einen Teil der Wand beherrschte. Nara war sich allerdings nicht sicher, ob der im Raum liegende betörende Duft von der Pflanze ausging.

„Möchten Sie sich jetzt schon dem Buffet widmen oder

erst nach Beendigung des Gespräches?" Magister Urs Nurham wies mit einer knappen Geste auf einen runden Tisch, der randvoll bedeckt war mit Köstlichkeiten, für die sie teilweise noch nicht einmal einen Namen hatte.

„Jetzt." Warum damit warten?

„Bitte." Der fette Mann trat einen Schritt beiseite. „Das wäre im Preis enthalten, einmal im Monat. Ich komme dann noch einmal darauf zurück. Greifen Sie zu."

Während Nara wahllos Delikatessen in sich hineinstopfte, stand Magister Urs Nurham am Fenster und sah ins Nirgendwo. Sie hätte gern gewusst, ob seine Fettleibigkeit auf den maßlosen Verzehr von leckeren Nahrungsmitteln zurückzuführen war oder einfach nur eine Laune der Natur.

Minuten später wischte sie sich die letzten Krümel mit einer flauschigen Stoffserviette vom Mund, bevor sie das vierte Glas Apfelsinensaft austrank. Dann trat sie an den Tisch, an dem bereits beide Mappen mit den Dokumenten darin lagen.

Magister Urs Nurham musste ihre Bewegungen registriert haben, denn mit unerwarteter Behändigkeit drehte er sich zu ihr herum. „Ich hoffe, es war alles zu Ihrer Zufriedenheit?"

Nara wusste nicht, was sie darauf antworten sollte - noch nie in ihrem Leben hatte sie derart köstliches gegessen.

„Es sieht so aus", lächelte Magister Urs Nurham, bevor er seinen massigen Körper auf dem Stuhl niederließ.

Irgendwie schien er dasselbe Lächeln zu haben wie Logan Boon Sana, fand Nara. Sie setzte sich ihm gegenüber an dem Tisch und begann nervös ihre verschwitzten Hände auf ihrem Schoss zu kneten.

„Ich weiß nicht", begann der dicke Mann, „ob Sie schon

zu einer Entscheidung gelangt sind, ob Sie doch schon die Unterschriften geleistet haben oder nicht. Unabhängig davon würde ich Ihnen gern alle Fakten noch einmal zusammenfassen, denn das, was in den Papieren steht, liest sich oft recht trocken oder unverständlich. Und YABIC möchte, dass Entscheidungen im vollen Verständnis der Dinge getroffen werden. Deshalb werde ich Ihnen Fragen stellen und einige relevante Punkte noch einmal erklären. Ich möchte, dass Sie jeweils nur mit `ja´ oder `nein´ antworten. Haben Sie das verstanden, Nara?“

„Ja.“

„Sehr gut. Beginnen wir mit Ihrem Alter. Sie sind jetzt 28 Jahre alt, oder?“

„Ja.“

„Wissen Sie, wer der Vater Ihres Kindes ist?“

„Nein.“ Sie hatte eine Ahnung und einen Wunsch, doch betraf dies unterschiedliche Personen. Letztlich aber kamen vier oder fünf Männer in Frage.

„Ich lege Ihnen jetzt dar, was Sie erwartet, wenn Sie unser Angebot nicht annehmen. Okay?“

„Ja.“

„28 ist ein schönes Alter, nur bedeutet es, dass Sie in zwei Jahren dreißig Jahre alt sein werden. Ihr sozialer Status ist aktuell recht niedrig, das schmerzt mich für Sie. Allerdings folgt daraus - wenn sich bis dahin keine gravierenden Änderungen in Ihrem Umfeld ergeben - unmittelbar nach Ihrem dreißigstem Geburtstag automatisch die Herabstufung in die Rankingzone 8. Ist Ihnen das bekannt?“

„Ja.“

„Erwarten Sie gravierende Änderungen, die das verhindern könnten?“

Eher würde eine Meteorit einschlagen. „Nein.“

„Nein. Keine wirklich zufriedenstellende Antwort, nicht wahr? Wenn man der Statistik glauben darf, steigt die Wahrscheinlichkeit der Arbeitslosigkeit ab dieser Rankingzone signifikant an. Damit unmittelbar verbunden wäre Ihre Zahlungsunfähigkeit. Das wiederum führt womöglich zur Aufgabe Ihrer jetzigen Wohnung, was letztlich die Abschiebung in die Slums bedeutet. Und die Slums, machen wir uns nichts vor, sind kein Zuckerschlecken. Ihre Tage dort wären ausgefüllt mit einfachen und stumpfen Tätigkeiten im Tausch gegen Nahrungsmittel, die als überlagert oder ungenießbar in die Abfallsysteme der Stadt gegeben wurden. Wenn Ihnen nicht etwas besonders Schlaues einfällt, vegetieren Sie in den Slums dahin, bis sie fünfzig Jahre alt sind. Danach erfolgt der nächste entscheidende Einschnitt in Ihrem Leben: Sie müssen Ihren Nutzen für die Gesellschaft nachweisen. Das bekommen in den Slums fünfzig von tausend Personen hin, alle anderen können wählen zwischen der Ausweisung in die Marskolonien oder einem Leben als Outlaw in den verseuchten Gebieten. Und glauben Sie mir, keine der beiden Varianten ist wirklich erstrebenswert. Hat Ihnen das so schon einmal jemand gesagt?“

„Nein.“ Natürlich hörte man ab und an Horrorgeschichten aus den Marskolonien, aber sie hatte noch nie jemanden getroffen, der einen Bewohner der Marskolonien persönlich gesprochen hatte, *nachdem* dieser in den Kolonien gewesen war. Mit den verseuchten und verstrahlten Gebieten verhielt es sich ähnlich.

„Es ist zugegeben ein ziemlich düsteres Bild, das ich hier male, aber auch ein durchaus realistisches. Und vergessen Sie nicht: in dieser ganzen Zeit müssen Sie sich um Ihren Nachwuchs kümmern, der ständig frische Nahrung benötigt und viel Zuwendung. Sie müssen Ihnen beschützen, ihn im Winter warm halten, ihm die Stirn kühlen wenn er fiebrig ist. Wenn er heranwächst steigen seine Bedürfnisse, vielleicht wird er sogar rebellisch, sollte er sie nicht erfüllt bekommen. Egal in welchem Alter der Knabe ist, ihn zufriedenzustellen könnte schwierig werden, wenn Sie vierzehn Stunden am Stück in den Minen oder Werkhallen arbeiten. Sie werden wenig Einfluss auf ihn haben, wenn er in einem Alter ist, wo er für finstere Verlockungen jeglicher Art empfänglich sein wird. Vielleicht stellt er sich sogar eines Tages gegen Sie, macht Ihnen Vorwürfe. Das muss nicht so sein, aber eine erhöhte Wahrscheinlichkeit ist da, ohne Frage. Geben Sie mir mit meiner Einschätzung recht, zumindest im weitesten Sinne?"

Sie konnte es drehen und wenden und sich schönreden wie sie wollte, Magister Urs Nurham lag mit seiner Einschätzung vollkommen richtig. Und dabei bezweifelte sie noch, dass dieser wusste, wie die Zustände in den Ghettos, die Vorstufe der Slums, wirklich waren. „Ja."

„Das ist keine besonders rosige Zukunft, die Sie erwartet, Nara. Sie werden kämpfen müssen, Tag für Tag, Nacht für Nacht, Stunde um Stunde. Aber wie so oft im Leben hat auch diese Medaille zwei Seiten. Möchten Sie die andere Seite kennenlernen?"

Ein ganz klein wenig hatte sie schon davon probieren können, von der schillernden Welt der anderen Seite. Natürlich würden sie hier auch über fließendes warmes Wasser verfügen und eine Heizung, die an mehr als an dreißig Tagen im Jahr funktionierte. „Ja."

„Möglicherweise teilen Sie die Welt in schwarz und weiß ein, Nara. In die reichen Herrschaften und das minderbemittelte Fußvolk, das sich den Arsch aufreißt, damit es denen ganz oben gut geht. Aber ich sage Ihnen, damit liegen Sie falsch. Zum einen, weil einzig und allein die bakteriologischen Kriege schuld sind an dieser Misere. Die Viren haben zwei Lager geschaffen, und es ist reiner Zufall, wen es zu welchem Zeitpunkt in eines von beiden gespült hat. Und zum anderen, weil wir so viele Leben retten und verbessern, wie wir können. Wir schaffen das nicht bei jedem Leben, aber wir sind bemüht uns diejenigen heraussuchen, bei denen die größtmögliche Chance besteht, dass unser Engagement langfristig einen Sinn ergibt. Verstehen Sie das?"

Die Virenkriege hatte drei ganze Jahre gedauert. Sie hatten die Welt für immer verändert, fast ein Viertel der Weltbevölkerung war gestorben und von den verbleibenden sechs Milliarden waren neunzig Prozent auf der Strecke geblieben. So wie sie und alle, die sie kannte. „Ja."

„Ihr ungeborener Sohn ist einer derjenigen. Mit seiner Hilfe sind wir in der Lage, wieder optimistisch in die Zukunft zu sehen. Er kann der Beginn einer neuen Generation sein. Gesund, widerstandsfähig, kräftig, intelligent. Aber seine Hilfe ist nur möglich, wenn Sie diese unterstützen, und zwar mit Ihrer Unterschrift, heute und hier. Ich weiß, es ist ein Opfer, den einzigen Sohn wegzugeben, aber es dient nicht nur ihm oder künftigen Generationen, sondern auch Ihnen, Nara. Sie gewinnen beide, Sie und Ihr Sohn. Und es ist so einfach. Wollen Sie es hören?"

„Ja."

„Sie sind clever, ich wusste es. Wie gesagt, es ist so einfach und hundertfach bewährt: wir integrieren Sie in unser globales Firmenversorgungssystem. Eigene Wohnung, Essen, Trinken, Wärme, Strom, Wasser, Gesundheitschecks, jegliche Transportkosten. Lebenslang. Sie werden einer leichten Schreibtischtätigkeit nachgehen, aber das dient eher dazu, dass Sie nicht vereinsamen. Ansonsten - keine weiteren Gegenleistungen. Lediglich Ihre Unterschrift, Nara, für ein besseres Leben für Ihren Sohn und Sie. Haben Sie die Vorteile verstanden, die wir Ihnen bieten?"

Sie hatte sich drei Tage lang den Kopf zermartert, wie sie sich entscheiden sollte, Mal überwogen die egoistischen Vorteile dieses Rundum-Sorglos-Paketes, mal der beherrschende Wunsch, ihrem Sohn jene Liebe zu schenken, die sie nie erfahren hatte. Andererseits, ihr erstes Kind war im Alter von sechs Monaten gestorben, auf Grund unzureichender medizinischer Versorgung. Es gab für jede Seite der Medaille eine Menge Gründe, diese zu befürworten. „Ja."

„Im Übrigen ist es nicht so, dass Sie Ihren Sohn nie wiedersehen. Das würden wir nicht wollen, ein Sohn braucht seine Mutter. Er wird von Anfang an auf eine außerordentlich gute Schule gehen, sie werden ihn regelmäßig sehen. Wenn er sich dort gut macht, erhält er später vielleicht eine Eliteausbildung, sie werden ihn dort besuchen können. Er wird immer am Puls des medizinischen Fortschrittes sein und Ihnen davon berichten können. Ich kenne Ihre Skepsis und Sorgen, Nara, das ist völlig normal für eine werdende Mutter. Aber wenn Sie alle heute gehörten Fakten gegenüberstellen, wenn Sie wirklich ehrlich zu sich sind und Ihren Sohn lieben, dann können Sie nur zu einem einzigen Schluss kommen: unser Angebot ist ein Geschenk."

Magister Urs Nurham zog die zwei Mappen zu sich heran, um aus jeder die Papiere zu nehmen. Mit sicherer Hand blätterte er gezielt darin herum, bis exakt die Seiten aufgeschlagen vor Nara lagen, die ihrer Unterschrift bedurften. Aus einem schmalen Kästchen entnahm der Mann einen unscheinbaren Stift.

„Sie haben den Befund und den Vertrag gelesen und soweit verstanden, dass Sie den Inhalt für sich beurteilen und Konsequenzen abschätzen können?"

Nicht alle Wörter waren ihr geläufig gewesen, aber in der Summe der Dinge war der Inhalt eindeutig: sie würde jedes Recht an ihrem Kind verlieren, dafür würden sie beide in eine sichere Zukunft blicken. „Ja."

„Sie haben meine heutigen Ausführungen soweit verstanden, dass Sie den Inhalt für sich beurteilen und Konsequenzen abschätzen können?"

„Ja."

Magister Urs Nurham hielt Nara den Stift entgegen für die wichtigsten Unterschriften ihres Lebens.

Sie nahm ihn, durch ihre Hand floss erneut ein sanft vibrierender Strom.

Der große Mann sah sie erwartungsvoll an. „Mehr gibt es nicht zu sagen. Ihre Zukunft liegt bei Ihnen, Nara. Entscheiden Sie sich. Jetzt."

*

„Wenn ich groß bin, Mama, werde auch ein Magister! Das haben sie heute zu mir gesagt. Magister Adeo Mornar nennen sie mich dann! Wie gefällt dir das?"

Nara wandte ihren Kopf ab, damit ihr Sohn das feuchte Schimmern in ihren Augen nicht sah. „Das klingt großartig! Ich bin so stolz auf dich!"

„Und", der feingliedrige Junge hob stolz den Zeigefinger, „ich habe gestern den Test geschafft, Mama."

„Oh, fein. Was für einen Test? Einen wichtigen?"

Der Achtjährige zog einen leichten Flunsch, gewann aber schnell sein Lächeln zurück. „Den Halbjahrestest für meinen Jahrgang. 94 von 100 Punkten, Mama. Weißt du, was das bedeutet?"

„Was bedeutet es denn?"

„Ich bekomme meine Chips eingesetzt! Endlich!"

Nara sah sich gehetzt um, doch sie war mit ihrem Sohn allein. Niemand konnte ihr helfen, die rätselhaften Worte ihres Sohnes zu entschlüsseln, die sie hin und wieder während ihrer Gespräche in Verzweiflung stürzten. Was sollte ihr Junge von ihr denken, wenn sie überhaupt nicht wusste, wovon er sprach? „Deine Chips?"

„Oh, Mama, unsere Biosensorikchips", erklärte ihr der Junge belehrend. „Damit wissen sie dann immer, ob ich gesund bin. Wie schnell mein Herz schlägt, ob mein Blut sauber ist, ob ich eine Erkältung bekomme oder nicht. Das ist die erste Stufe, sagen sie."

Nara fühlte sich versucht zu fragen, wie viele Stufen es denn gäbe, doch sie hielt sich zurück. Ihr Herz raste wie verrückt vor Glück, immer wenn sie ihren Sohn sah. Gleichzeitig aber fühlte sie, dass er sich bei jedem ihrer letzten drei oder vier Besuche immer mehr von ihr entfernte, dass ihr Kind ihr langsam aber sicher entglitt. „Das ist phantastisch. Kannst du fragen, ob ich die auch bekommen kann?"

Der kleine Kerl lachte. „Das ist doch nur für uns Schüler, Mama. Wenn ich den nächsten Test bestehe, sagen sie, machen sie meine Haut rein. Weiß wie Schnee auf dem Olympus Mons. Dann sehe ich endlich aus wie Magister Hadid Om. Er ist der Beste!"

Plötzlich ertönte ein leichter, schwebender Gongschlag, der von einem winzigen Gerät an seinem Handgelenk ausging. „Och, jetzt ist die Besuchszeit schon wieder um, Mama. Das ist schade, aber ich muss dann los. Ich herze und drücke dich." Er wandte sich zapplig um.

„Ich herze und drücke dich auch, mein Sohn. Lass´ dich noch einmal kurz anfassen."

Ungeduldig trippelte Adeo kurz auf der Stelle, kam jedoch der Aufforderung nach. Durch das engmaschige Gitter des sie trennenden Metallzaunes hindurch fanden sich ihre Finger.

*

„Ich kann es nicht ändern, wenn es dir nicht gefällt, Mutter. Tut mir leid, aber in unserer Altersstufe sehen die Haare bei jedem von uns so aus. Mir gefällt der blauschwarze Ton. Er wirkt männlich." Adeo rollte sich konzentriert die Ärmel seines Hemdes empor, um seine Mutter nicht ansehen zu müssen.

„Es mag sein, dass du sie toll findest, aber mussten sie dir denn deswegen gleich neue Haare einpflanzen?"

„In drei Jahren, wenn wir achtzehn sind, nehmen sie uns mit zu einem Ausflug, das steht jetzt schon fest. Zwanzig Eliteschüler von hier treffen auf zwanzig Eliteschüler einer anderen Universität. Alle mit weißer, reiner Haut und blauschwarzen Haaren. Entweder ich gehöre dazu, oder ich bin raus. Solche Medizinsachen sind hier völlig normal, Mutter. Wenn du es genau wissen willst, sie haben mir vorigen Winter auch etwas ins Knochenmarkt gespritzt."

Nara fuhr sich beunruhigt durch ihre Haare, die jedes Jahr ein wenig dünner wurden. Sie konnte sich noch an den Satz im Vertrag erinnern, dass ihr Sohn immer am Puls des medizinischen Fortschrittes sein würde - sie hatte nur nicht gedacht, welche Auswirkungen damit verbunden wären. „In dein Knochenmark? Was in aller Welt haben sie dir da hineingetan? Und wozu sollte das gut sein? Warum hast du mir das nicht schon das letzte Mal gesagt?"

Adeo sah sie an. Sie kannte diesen Gesichtsausdruck, den er immer aufsetzte, wenn er genervt war.

„Bist du Arzt?"

„Du weißt, dass ich kein Arzt bin.“

„Warum fragst du dann, als könntest du mit dem Namen des Präparats etwas anfangen? Die Ärzte der Universität haben das so festgelegt. Es dient der Stabilisierung der Knochendichte. Und ganz nebenbei macht mich das weniger anfällig für Unfälle oder Überbelastungen. Die haben sich etwas dabei gedacht! Ich war zwar im letzten Viertel Jahr Klassendritter, aber sie machen das bei jedem Schüler. da kann es ja wohl so schlecht nicht sein. Jetzt zufrieden?“

Das Glitzern in seinen Augen gefiel ihr nicht, es ließ ihn unmenschlicher erscheinen, als er in Wirklichkeit war. Ihr Sohn war ein Jugendlicher, der offensichtlich seit ihrer letzten Begegnung einen Wachstumsschub hinter sich hatte und mit Erfolg versuchte, an einer Eliteuniversität mitzuhalten. Er kannte nur dieses Leben, und offensichtlich arrangierte er sich hervorragend mit den Gegebenheiten. „Ich mache mir doch nur Sorgen, dass es dir gut geht.“

„Mir ging es nie besser“, sprudelte es aus ihm heraus. „Ich bin so wahnsinnig froh, dass du diese Entscheidung getroffen hast. Nächstes Jahr planen sie etwas mit meiner Lunge: ich werde viel besser atmen können als jetzt. Das ist fabelhaft!“ Er sah über ihren Kopf hinweg in eine unbestimmte Ferne. „Aber jetzt, du weißt schon, die Besuchszeit ist um. Es ist schon sechsundvierzig Minuten nach siebzehn Uhr.“

Sie sollte sich darüber freuen, dass es ihm gut ging, dennoch waren seine Worte wie ein Stich in ihr Herz. „Ich liebe dich, mein Sohn. Pass´ auf dich auf.“ Sie streckte ihre schmalen Finger durch den Metallzaun.

„Ja, Mutter, ich lieb dich auch“, sagte Adeo wie hingeworfen, bevor er flüchtig ihre Fingerkuppen mit den brüchigen Nägeln berührte. „Wir sehen uns, aber bedenke, ab dem nächsten Jahr nicht mehr zweimal, sondern noch nur ein Mal pro Jahr." Er drehte sich abrupt um und ging mit schnellen Schritten davon, die sie aus irgendeinem Grund an ein mechanisches Spielzeug erinnerten.

Nara saß noch eine Weile gedankenverloren auf ihrem Platz, bis sich ihr seltsamerweise die Frage aufdrängte, woher er die Uhrzeit so genau wusste. Weder trugen er oder sie eine Uhr, noch wurde die Zeit irgendwo angezeigt, da dies im öffentlichen Raum seit einigen Jahren unter Strafe stand.

*

Sie erkannte in dem über zwei Meter großen, muskulösen Hünen ihren Sohn nicht sofort, bis er schließlich einen Meter vor dem Zaun stehenblieb.

„Hallo Nara." Seine Stimme war um einige Nuancen tiefer geworden, aber das war es nicht, was sie irritierte. Seine Stimme klang gelangweilt, als würde sie ihm mit einem völlig nutzlosen Treffen Zeit stehlen. Und was hatten sie mit seinen Augen gemacht? Irgendetwas mit den Pupillen stimmte nicht, obwohl sie noch nicht einmal benennen konnte, was genau.

Er bemerkte ihren Blick und lächelte freudlos. „Ein Geschenk zu meinem 18. Geburtstag. Vernetzte optische Implantate. Ein Laie würde sagen, man hat mir jeweils hinter die Netzhaut eine Kamera installiert, angeschlossen an einen Computer. Ich habe im wörtlichen Sinn eine höhere Restlichtauflösung als eine Katze und sehe besser als ein Adler."

Zu seinem Geburtstag hatte sie ihm eine Glückwunschnachricht im Konverter hinterlassen, aber bislang keine Rückmeldung erhalten. „Dann ist es noch nicht einmal drei Wochen her?"

„Ganz genau. Ich bin noch am Üben, wie ich die Zoomfunktion am besten steuere. Natürlich kann alles was ich sehe auch gespeichert werden." In seiner Stimme schwang Stolz mit.

„Das ist verrückt!"

„Das ist die Zukunft, Nara. YABIC macht es möglich. Kannst du dich noch erinnern, dass ich einmal von einem Ausflug gesprochen habe? Mit den anderen Eliten?"

Die Gespräche mit Adeo in den letzten Jahren waren nie besonders umfangreich gewesen, deshalb konnte sie sich selbst nach Jahren noch vereinzelt an die Worte ihrer Unterhaltungen erinnern.

„Aber ja. Es ist wohl soweit?"

„Noch viel besser! Ich werde eine Stelle in einer anderen Stadt bekommen, sie ist ungefähr fünftausend Kilometer entfernt. In drei Wochen wird es soweit sein. Das heutige wird demzufolge auf lange Sicht unser letztes Treffen."

Nara war von Logan Boon Sana bereits über die niederschmetternde Tatsache, dass sie ihren Sohn eine lange Zeit oder vielleicht nie mehr wiedersehen würde, informiert wurden. Sie hatte danach stundenlang geweint und zwei Tage nichts gegessen, aber die Entscheidung war unumstößlich. Was sie erneut deprimierte war die Emotionslosigkeit, mit der ihr Sohn ihr dies kundtat. Sie beschloss, es sich nicht anmerken zu lassen. „Was ist das für eine Stelle?"

„Sie machen da ein bisschen ein Geheimnis daraus, aber allgemein herrscht unter den Eliten die Ansicht, dass wir dort hochrangige Posten in der Stadt- und Polizeiverwaltung besetzen. Warum wohl sonst haben sie uns haben sie uns mit Microfasern ausgestattet? Weil es dort Standard ist!"

Nara überlegte einige Sekunden, ob sie ihre Unwissenheit erneut zur Schau stellen sollte. Vielleicht aber war dies das letzte Gespräch mit ihrem Sohn in ihrem Leben. Alles, was sie jetzt erfragte, würde sie als Erinnerung an ihn behalten, jedes Wort würde sich in ihr Gedächtnis einbrennen. „Es ist schön, wärmende Kleidung zu haben."

Er wandte ihr derart ruckartig den Kopf zu, so dass sie ein wenig erschrak. „Wärmende Kleidung? Du hast wirklich keine Ahnung, wovon ich rede, oder?"

Sie biss sich auf die Lippen und sah Adeo an.

„Microfasern sind so etwas wie ein Muskelfaserersatz, nur eben tausendfach besser. Einerseits sind sie viel härter, sozusagen absolut reißfest. Andererseits sind sie gleichzeitig elastisch und nachgiebig, aber auch straff." Er lächelte zufrieden vor sich hin. „Sie haben anschließend Krafttests mit uns durchgeführt und die Reaktionsschnelligkeit geprüft - es ist der Wahnsinn, Nara! Zusammen mit der verstärkten Herzmuskulatur sind wir prädestiniert, um die Elite des Landes darzustellen. Es gibt niemanden, der uns das Wasser reichen kann."

Am liebsten hätte sie ihn angeschrien und geschüttelt, ihn geliebkost und zärtlich wie ein Baby im Arm gewiegt. „Ich hoffe, du bist glücklich, mein Sohn", flüsterte sie stattdessen kaum hörbar, während sich ihre Augen mit Tränen füllten.

Er verstand sie dennoch, sein kalter, bohrender Bick senkte sich auf sie herab. „Was dachtest du denn? Man hat mich über die Jahre zu einem besseren, zu einem vollkommeneren Menschen gemacht – natürlich bin ich glücklich!" Plötzlich jedoch wurden seine Gesichtszüge weich, seine makellos weißen Wangen überflog eine zarte Röte. „Ich wünsche dir eine schöne Zeit, Nara, hoffentlich dauert sie noch lange. Ich danke dir für alles. Lebe wohl."

Er versuchte, seine Finger durch den engmaschigen Metallzaun zu stecken, doch sie waren zu groß und zu kräftig dafür. Unverhofft beugten beide ihre Köpfe zum Gitter, doch ein träge darin fließender Strom trennte die flüchtige Berührung Sekunden später.

*

„Wie war Euer Tag, oh Herr?", fragte der Servant mit salbungsvoller, künstlicher Stimme, als Magister Urs Nurham sein standesgemäß großzügiges Appartement betrat. Es bestand aus sechs Räumen, in denen mit Hilfe elektrischer Impulse, Codeworten und winziger Sensoren eine Veränderung der Helligkeit und Farben und somit Imagination und Zwielicht hervorgerufen werden konnte.

Der Angesprochene ließ sich wortlos in den goldgelben Sessel fallen, der mitten im Raum stand. Wie von einer Palisadenwand wurde dieser von mehreren durchsichtigen dünnen Säulen, in denen türkisfarbenes Wasser perlte, umgeben.

„Es ist wieder soweit. Die große Reise Eurer Zöglinge steht unmittelbar bevor. Ist auch wirklich alles bedacht, oh Herr?", ließ sich der Servant erneut vernehmen, nachdem eine Antwort auf seine erste Frage ausgeblieben war.

„Ich verstehe nicht, wie eine Maschine wie du überhaupt dazu kommt, sich Sorgen um ´meine Zöglinge´ zu machen? Bringe mir ein Glas Champagner."

„Um sie mache ich mir keine Sorgen, oh Herr. Ich möchte nur, dass das Projekt reibungslos läuft, denn vom Gelingen desselben sind ich und meine Artgenossen langfristig abhängig."

„Eine zweibeinige Maschine mit Eigennutz, wer hätte das gedacht?", sagte Magister Urs Nurham lächelnd, während er das Glas entgegennahm, das der Servant ihm mit einer leichten Verbeugung reichte.

„Natürlich ist auch das Wohl der gesamten Zivilisation

davon abhängig. Und das von YABIC selbstverständlich." In der Stimme der Maschine schien, undefinierbar und seltsam und kaum merklich, Spott und Hohn mitzuschwingen.

„Du kannst dich beruhigen, es ist schließlich nicht die erste Reise von Eliteschülern", informierte der große Mann auf dem Sessel seinen Diener mit einem Anflug von Müdigkeit. „Hier, nimm."

Der Servant nahm das leere Glas Champagner entgegen. „Was ist, in aller Bescheidenheit gefragt, oh Herr, ist mit dem Gewissen? Dem menschlichen Gewissen? Es lässt sich doch wohl nicht leugnen, dass es existiert? Und ich glaube dies wäre ein Fall, der den Parametern entspricht. Und wie geht ihr mit derjenigen um, die Zweifel sät und Fragen stellt? Es ist ein offenes Geheimnis, oh Herr, dass jene nicht glücklich ist mit der getroffenen Entscheidung."

Magister Urs Nurham lächelte matt. „Ein Säugling spricht die Fragen und Weisheiten von Jahrhunderten aus." Er dimmte mit einem schläfrigen Codewort die Beleuchtung, während sich der Sessel unter ihm gleichzeitig in eine bequeme Liege verwandelte. „Es ist der Vorteil von YABIC, dass sie alles wissen, weil sie jeden Angestellten permanent abhören können. Das betrifft mich, jeden Servant oder jeden Emporkömmling. Die entsprechenden Schritte sind schon in die Wege geleitet. Und jetzt gib´ Ruhe."

*

Das Dreckschwein hatte sie betäubt, es konnte gar nicht anders sein. Logan Boon Sana, der fette Mistkerl, hatte sie auf einen Drink eingeladen. Er war nicht ihr Typ, ganz und gar nicht, aber er konnte nachfühlen, wie es ihr vier Wochen nach dem letzten Gespräch mit ihrem Sohn ging.

Mitgefühl war eine rares Gut, also war sie seiner Einladung, gemeinsam mit ihm den Schmerz zu ertränken, gefolgt. Vielleicht hätte sie es stutzig machen sollen, dass die Bar im unteren Viertel lag, das einen eher bescheidenen Ruf genoss, aber sie konnte seit dem Abschied nicht mehr klar denken, es blieben zu viele Fragen offen. Das Getränk hatte gar nicht einmal so übel geschmeckt, dann war sie auf die Toilette gegangen - an mehr konnte sie sich nicht erinnern.

Nara sah sich um. Sie saß auf einer harten Matratze in einer kleinen, dreckigen Zelle, an deren Decke in fünf Metern Höhe ein winziger Beleuchtungskörper diffuses Licht verbreitete.

Eine verschlossene, sehr massiv aussehende Tür mit einem von außen verhangenem Bullauge trennte sie von etwas, was nichts Gutes verhieß.

Sie sah an sich herunter. Nach wie vor trug sie ihre Kleidung aus der Bar, auch wenn das nur ein schwacher Trost war.

Plötzlich wurde der Stoff von dem Bullauge weggezogen, und ein feistes, mit Pickeln übersätes Gesicht erschien an dessen Stelle. Sekunden später hörte sie ein seltsames Schaben, dann ein ungesundes Quietschen, schließlich wurde die Tür geöffnet.

Zwei Männer kamen in ihre Zelle, neben dem Pickelgesicht stand ein kräftiger, untersetzter Mann, der sie eingehend musterte.

„Du bist also Nara", sagte der Untersetzte fast schon sachlich. Das war mehr eine Feststellung als eine Frage. „Die Blondine, die nicht lesen kann."

Das Pickelgesicht grinste hämisch, während sie wieder einmal den Witz nicht verstand. Selbstverständlich konnte sie lesen.

„Das kommt davon, wenn man Verträge unterschreibt um sich einen Vorteil zu verschaffen, sich aber dann nicht an die Abmachungen hält.“

Eine dunkle Ahnung stieg in ihr auf und damit eine tiefe Verzweiflung.

„Oder unter uns drei Betschwestern gesagt: du bist eine fast dreißigjährige Schlampe, die YABIC auf den Sack geht.“ Der Untersetzte zog geringschätzig die Oberlippe empor. „Dachtest du wirklich, du könntest ohne Konsequenzen überall herumerzählen, was die mit deinem Sohn angestellt haben? Warum das, wieso jenes? Im Vertrag steht ganz klar: Schnauze halten. Tja, ich würde sagen, die Zeit der Mast ist vorbei. YABIC widerruft hiermit offiziell deine Einbindung in das globale Firmenversorgungssystem. Gleichzeitig wird auch ohne Test aberkannt, dass du für die Gesellschaft nützlich bist. Wie du vielleicht noch weißt, hättest du dich später zwischen der Seuchenzone und der Ausweisung in die Marskolonie entscheiden können.“ Er gab dem Pickelgesicht einen Wink, worauf dieser sich wieder zur Tür wandte. „Ist aber egal, was du willst, für dich sind die Marskolonien vorgesehen, das letzte Paradies“, höhnte der kräftige Mann. „Der Flug geht in zwölf Stunden. Ich würde gern schöne Grüße für oder von Adeo übermitteln, aber leider ist es dafür zu spät.“

*

Die Kreatur erwachte mühsam. Sie hielt eine Weile die Augen geschlossen, als wollte sie den Anblick dessen, was sie zu sehen erwartete, herauszögern. Eine undeutliche Erinnerung huschte durch ihr Gehirn. Das Bild einer blonden Frau, eines ausgestreckten Fingers. Eine Stimme. Auch ein Geruch war da. Aber es waren zerfließende Schemen, unvollständige Wortfetzen und ein unsicherer Duft. Ein

Phantom aus Schall und Nebel, ohne Materie und Gestalt.

Die Kreatur hörte ein Winseln in ihrer Nähe, worauf sie langsam und unsicher die Augen öffnete. Augenblicklich wurde ein Signal versandt, welches Milliarden Kilometer entfernt von Männer und Frauen in einem Kontrollzentrum von YABIC sehnsüchtig erwarteten.

Erneut erklang das Winseln. Das Geschöpf wandte den Kopf. Neben ihm lagen weitere zusammengekrümmte nackte Körper. Es registrierte neununddreißig davon, aber die Anzahl spielte für die Kreatur keine Rolle.

Sie befanden sich in einem ebenerdigen Raum mit einer durchsichtigen Außenwand, die den Blick auf eine weite steinige Ebene freigab, deren Erscheinungsbild von einem satten, dunklen Blau und violetten Farbtönen dominiert wurde. Staubfahnen wehten schlierig dahin, die Atmosphäre war erfüllt von einem giftigen, stechenden Leuchten.

Die Kreatur wusste nicht, dass ihre reine, weiße Haut den höchsten Widerstandsgrad gegen äußere Einflüsse aufwies, der mit menschlicher Haut erreicht werden konnte, oder dass ihre wunderschönen blauschwarzen Haare die Grundlage für eine chemische Behandlung war, die ihren Kopf gegen die Strahlung dieses Planeten schützte. Ebenso wenig ahnte sie, dass ihre genetische Veranlagung die Basis war für all jene Veränderungen.

Unvermittelt erklang ein weiches schleifendes Geräusch, worauf sich die Kreaturen in ihrer kargen Behausung unruhig erhoben. Die durchsichtige Trennwand verschwand langsam in der Decke. Sofort wurde der Wind durch den sich auftuenden Spalt gepresst und füllte den Raum mit einem penetranten, süßlichen Geruch.

Die Geschöpfe krochen und wankten mühsam ins Freie, ohne ein Ziel, ohne einen Grund. Sie waren sich nicht im

Klaren darüber, dass ihre implantierten und mit feinsten Nervenfasern verwobenen Chips sie steuerbar machten, und jene Männer und Frauen bereits an der Programmierung arbeiteten.

Niemand von den ehemaligen Eliteschülern wusste, dass die in ihren Muskelfasern eingebetteten hauchdünnen Microfasern und die verbesserte Knochenmarkstruktur das stundenlange Arbeiten unter den hier vorherrschenden schwierigen Bedingungen solange ermöglichten, bis die mikroskopisch kleine Sensoren in ihrem Körperinneren Alarm schlugen.

Auch die giftige Luft konnte ihnen nichts anhaben, denn die Hochleistungsfilter in ihren Lungen arbeiteten extrem zuverlässig.

Ein Impuls durchfuhr gleichzeitig jedes der vierzig Geschöpfe. Sie richteten sich zu ihrer vollen Größe auf, während ihr Gehirn Befehle empfing, die es an das Nervensystem weiterleitete, welches wiederum die Handlungen der Geschöpfe steuerte.

Die Kreaturen würden nie erfahren, dass seit Jahren der Abbau der unermesslich wertvollen und hochgradig fragilen Edelsteine auf Kassandra II nur mittels der Fingerfertigkeit und dem untrüglichen Urinstinkt eines Menschen vorgenommen werden konnte. Zumindest waren sämtliche Maschinen von YABIC und sogar die Servants an dieser Aufgabe gescheitert.

Die Kreaturen formten sich zu einer Kolonne und bewegten sich zielgerichtet in Richtung der Berge, wo sich die einzige Fundstätte der Edelsteine befand. Dort wartete ein Werkzeugcontainer auf sie und Nahrungsmittel.

Sie kamen rasch voran, beseelt davon, die kommende Aufgabe bestmöglich zu erfüllen. Ihre wunderschönen blauschwarzen Haare flatterten heftig im ewig tosenden

Wind, der gleichsam und unerbittlich die Reste ihrer Erinnerungen davonwehte.

Der lange Schlaf

„Die Nerven, nur die Nerven", murmelte der blasshäutige Arzt halblaut und polierte nebenher einen kleinen rundlichen Gegenstand an seinem Ärmel. „Sie sind im Rahmen der gesetzlichen Bestimmungen gesund. So gesund, wie Sie es de facto erwarten konnten. Die von Ihnen angegebenen Symptome sind wissenschaftlich nicht nachweisbar. Voraussichtlich trägt die Instabilität Ihrer Nerven entschieden dazu bei, dass Ihnen ständig kalt ist. Ständig kalt, so war doch der Terminus?" Der Blasse wartete die Antwort nicht ab, sondern fuhr beiläufig fort, als würde er ein Selbstgespräch führen. „Allerdings wurde ein kleiner, aber gutartiger Tumor entdeckt." Er hielt das rundliche Ding prüfend gegen das Licht einer Lampe. „Sie müssen sich jedoch keine Sorgen machen. Jener Tumor wird herausgeschnitten, sollte sich der Befund wider Erwarten ändern." Schließlich legte er den Gegenstand behutsam beiseite und rollte die blauen Ärmel seiner Jacke herunter. „Wenn Sie sich nun ankleiden möchten, bitte. Die Untersuchung ist mithin beendet."

Der grüne Bildschirm erlosch und ein anschließendes leises Summen war das Zeichen, dass eine Automatik die Verrieglung der Ferndiagnosekapsel löste.

Ash Stimm trat aus ihr heraus und kleidete sich wieder an, zwängte sich Stück für Stück in seine seltsame und ihm zuweilen lächerlich erscheinende enge Kombination, die, wie eine schlechte Patchworkarbeit zusammengefügt, aus verschiedenen dünnen synthetischen Materialien bestand.

Trotzdem er wusste, dass die Wärmespeicherfunktion der Kombination grandios war, die Außentemperatur am Tage meistens über fünfundzwanzig Grad lag und er offiziell gesund war, fröstelte er, kämpfte Tag um Tag erfolglos mit jener anhaltenden unnatürlichen Kälte in seinem

Körper.

Doch selbst eine gepolsterte Jacke aus Daunen würde ihn nicht wärmen können. Er fror immer ein wenig, auch wenn es dafür offensichtlich, wie nun zum dritten Mal bestätigt, keine medizinischen Anhaltspunkte gab. Er bildete sich das alles nur ein. Er war gesund. So gesund, wie er es de facto erwarten konnte. Bis auf das kleine Problem mit den Nerven natürlich.

Ash lachte bitter. Mit dieser Formulierung war es den Ärzten immer möglich, sich aus der Verantwortung dafür herauszuwinden, dass ihre Diagnosekapseln und Geräte ihn als gesund einstuften.

Er hatte einen ständig wiederkehrenden Traum. Das überdimensional große und weiße Gesicht des Arztes beugte sich zu ihm, während dessen schrille Stimme kreischte: „Was erwarten Sie denn, Bürger Stimm? Schließlich kommen sie aus der Vergangenheit!" Danach kam das dröhnende Lachen, was die Sache nur noch schlimmer machte.

Er hätte den Blässling gern am Kragen gepackt und die Wahrheit aus ihm herausgeschüttelt. Irgendeine Wahrheit wenigstens. Doch er wusste nicht einmal, in welchem Gebäude der Stadt der Arzt praktizierte. Vielleicht saß dieser auch fünfhundert Kilometer weiter auf einer Insel. Die Ferndiagnose war eine feine Sache.

*

Sie hatten ihn gefunden. Bei Bauarbeiten registrierten die Sensoren der Fördergeräte organische Bestandteile, und der nachfolgende Ausgrabungstrupp war auf einen kleinen unterirdischen Raum gestoßen, in dem dicht nebeneinander vier Behälter standen.

Später zeigten sie ihm die Aufzeichnungen, als der

Trupp, fünfzehn in dunkelrote Schutzanzüge gehüllte Gestalten, die drei sargähnlichen Behälter und den Energiekonverter fanden. Es waren die Kapseln, in denen sich seine zwei Freunde und er, zur gleichen Zeit, sechsundzwanzig Jahre nach Beginn des neuen Jahrtausends, hatten einfrieren lassen.

Ash streckte sich auf seiner ergonomischen Liege aus. Als die Automatik sanft seinen Rücken zu massieren begann, sah er nachdenklich zur gemusterten Decke des Raumes, was ihm half, Erinnerungen abzurufen: die Aufzeichnungen zeigten deutlich das Loch in Danilow Larssons Spezialbehälter. Gefriertruhe hatte Dan ihn immer respektlos genannt, wohl wissend, dass sie das Fleisch waren, das man gewöhnlich darin einlegte. In Dans Fall nun verdorbenes, denn das Loch war mindestens faustgroß und nach Einschätzungen der Experten schon seit mehreren Wochen darin. Nachdem das Kühlmittel entwichen war, schaltete sich die Energiezufuhr des Konverters ab, der ehemals athletische Körper seines Freundes war zusammengeschrumpft und faltig geworden wie eine zerknitterte Zeitung, die es in dieser Zukunft nicht mehr gab.

Auf seine Nachfragen hin wurde ihm mitgeteilt, dass der Gesundheitszustand von Yarold King, dem Dritten im Bunde, kritisch sei. So kritisch, dass er ihn nie besuchen durfte.

Krankte sein Freund, ebenso wie er, in verstärktem Maße an der Phase der Wiedererweckung, jenem merkwürdige Schwebezustand zwischen Trance und Wachsein, versetzt mit Bruchstücken aus der weiten Welt des Wahnsinns?

Nach einem Monat entließ man ihn aus der Klinik, womit die wohltuenden Spaziergänge im angegliederten Park Geschichte waren.

Einen weiteren Monat benötigte Ash, sich mit Hilfe einer ihm zugeteilten jungen Frau an seine Umgebung zu gewöhnen.

Sie erklärte ihm einige wenige grundlegende Dinge und Verhaltensweisen, half Ash bei der behördlichen Anmeldung, organisierte eine Wohnung und besorgte eine angemessene Arbeit.

Und sie beraubte ihn gründlich der vagen Hoffnung, in einer sexuell freizügigen Welt gestrandet zu sein.

Ash erinnerte sich auch an den Tag, an dem er sie das letzte Mal gesehen hatte.

Nichts, aber rein gar nichts deutete damals darauf hin, dass sie ihn für immer verlassen würde. Sie hatte eines Abends auf ihr seltsames, leuchtendes Implantat - welches sie sich der aktuellen Mode entsprechend im Mittelstück des mittleren Fingers ihrer linken Hand befand - gesehen und ihm leise eine gute Nacht gewünscht.

Sie war nicht der Typ für große Gesten und Worte, soviel wusste er schon vorher. Doch nun war sie einfach so aus seinem Leben gegangen.

Am Tag darauf erhielt er die Nachricht, dass sein Freund Yarold gestorben sei. Man bedauere es sehr, dass man ihn nicht am Leben erhalten konnte.

*

Von einer Minute zur anderen kam ihm damals der Gedanke, dass jener Transfer in die schöne neue Welt sinnlos gewesen war. Dan und Yarold hatten die angeblich so sichere Sache mit dem Leben bezahlt, und er, Ash Stimm, saß in einer ihm fremden Welt ohne Freunde und ohne Halt.

Sie hatten zu tauschen versucht, doch der Gegenwert entsprach nicht einmal ansatzweise den Erwartungen. Der

Zweck der Idee war von der Realität zunichte gemacht worden, wie wenn man ein Bild übermalt.

Was für einen Spaß werden wir haben, hatte Yarold einmal gesagt, wenn wir die Zukunft aufrollen. Schließlich werden es auch in der Zukunft Menschen sein, mit all ihren nutzbaren Schwächen und Gemeinheiten und Sehnsüchten. Und wahrscheinlich werden sie immer noch mit Wasser kochen. Auch wenn die Vorräte davon vielleicht etwas knapper wären als zu unserer Zeit.

Zusammen sind wir unschlagbar. Ja, Ash Stimm hatte diese Worte noch im Ohr.

Aber nun war Dan in seiner leck geschlagenen Kühlbox vermodert. Die Leiche von Yarold vielleicht seziert worden, oder sie missbrauchten sie als historisches Anschauungsobjekt.

Es gab keinen Alkohol, mit dessen Hilfe er sich hätte in die Besinnungslosigkeit flüchten können.

Sie hatten das Spiel verloren.

*

Es herrschte ein eigenartiges System.

Soweit Ash es überschauen konnte, blieb niemand länger als eine Woche an seiner Arbeitsstelle. Die Anzahl der arbeitenden Personen wechselte ebenso oft wie die Personen selbst.

Der Sinn der Arbeiten, die er, mit griesgrämigem Gesicht und ohne Interesse ausführte, erschloss sich ihm nie. Ebenso gelang es gelang ihm nicht, hinter das Prinzip dieser Aufteilung zu kommen.

Er versuchte, Freunde zu gewinnen. Vertraute. Eine Frau. Doch ein gutgemeintes Augenzwinkern wurde auf dieselbe unnahbare Weise ignoriert, wie ein kleines unverfängliches Gespräch über das Wetter an ihnen abperlte, als wären sie geschlechtslose Wesen ohne Gefühle.

Das Ergebnis jener kurzen Unterhaltung, die er in einer Mittagspause zu führen versuchte, etwa zwei Wochen nachdem er das erste Mal seine Arbeitsstelle gewechselt hatte, öffnete eine tiefe Wunde in seinem Inneren.

„Mein Name ist Ash Stimm. Wie geht es Ihnen?"

„Wie es mir geht? Danke", antwortete der Angesprochene gleichgültig.

„Wie heißen Sie?" Ash hatte dies für eine normale, vielleicht etwas neugierige Frage gehalten.

Der Mann sah ihn nicht an. „Wie ich heiße? Warum willst du das wissen?"

„Ich bin neu hier. Sozusagen. Ich kenne weiter niemanden, mit dem ich mich unterhalten könnte." Ash hatte ein wenig gelacht, aber irgendwo in ihm begann sich eine böse Vorahnung einzuschleichen.

„Warum willst du dich unterhalten?" Während der Mann das fragte, sah er auf den Boden. Ash sah ebenfalls hinunter. Auf dem Boden befand sich nichts, was einer näheren Betrachtung wert war.

„Nun, ich würden gern wissen, was wir eigentlich tun", antwortete er irritiert. „An was arbeiten wir? Was stellen wir her?"

„Du kannst dich informieren." Der Mann sah ihn flüchtig an, stand dann abrupt auf und setzte sich auf eine andere Bank.

Ash konnte sich nicht erinnern, wie er den restlichen Tag verbracht hatte. Auch wusste er zu diesem Zeitpunkt noch nicht, dass der Hinweis, er könne sich informieren, die Standardantwort auf fast alle Fragen darstellte.

Jede Wohnung war mit der zentralen Informationsstelle verbunden. Es konnte jede gewünschte Information abgerufen werden. Niemand allerdings äußerte laut seinen

Unmut darüber, dass eine Vielzahl von Angaben einfach nicht verfügbar war und es keine Möglichkeit gab, sie zu erfahren.

Ash senkte den Kopf. Warum war das rätselhafte Loch, wie auch immer es entstanden sein mochte, nicht in seiner Kapsel gewesen? Warum war gerade er am Leben geblieben?

*

Die Zeit verging, und sie heilte.

Sie linderte den Schmerz über den Verlust seiner Freunde.

Sie glättete sein Denken und lenkte es in vorgegebene Bahnen. Sie brachte ihn dazu, sich allmählich anzupassen.

Mit der Zeit fand Ash es sehr praktisch, dass jegliche Nahrung täglich in die Wohnung geliefert wurde und nicht im freien Handel erhältlich war, wie überhaupt der freie Handel, der Straßenverkauf wie er ihn kannte, nicht mehr existierte.

Nach einer Weile glaubte er das System erkannt zu haben, nach dem diese Gesellschaft funktionierte. Es war ein anscheinend simples Prinzip: Man arbeitete unentgeltlich und erhielt im Gegenzug ein bestimmtes, aber in jeden Fall ausreichendes Maß an Lebensmitteln in die Wohnung.

Die Arbeit war körperlich leicht und erforderte keine geistige Eigeninitiative.

Es bestand kein Zwang zur Arbeit. Niemand fragte nach dem Grund, wenn man einen oder mehrere Tage nicht zur Arbeit erschien. Niemand wies ihn zurecht oder schüttelte auch nur missbilligend den Kopf.

Bis er mitbekam, dass diese Angelegenheit viel subtiler geregelt wurde: mit der Kürzung oder dem Entzug von Nahrungsmitteln.

Also existierte eine Organisation, die mit der Überwachung, der Kontrolle und letztlich mit der permanenten Umstrukturierung der Arbeitskräfte beschäftigt sein musste. Der Name dieser Behörde zählte zu den nicht verfügbaren Informationen.

In seiner Freizeit konnte er sich in eine virtuelle Bibliothek begeben und lesen, oder sich aus einem unerschöpflichen Vorrat von Filmen ein Programm zusammenstellen.

Per Knopfdruck war es möglich, ein Hologramm auszuleihen, um sich Sportunterricht geben oder in imaginäre künstliche Welten versetzen zu lassen.

Es gab hunderte Möglichkeiten, sich zu zerstreuen.

Er konnte seinen individuellen Code listen lassen und so einen dreistündigen Spaziergang in der Woche in einem der acht Parks beantragen, die als Reservate galten. Der Park, durch den man bummeln durfte, wechselte jedes Mal nach dem Zufallsprinzip, aber Bäume und Büsche wuchsen schließlich in allen, daher war ihm die Auswahl vollkommen gleichgültig.

Irgendwann fand er per Datenaustausch Zugang zu einer Gesprächsrunde, wo er feststellen musste, dass er anscheinend der Einzige war, der die Zuteilung an leichten Drogen, die aller fünf Tage erfolgte, zwei Monate lang sammelte und sie dann auf einmal nahm.

Die Dinge waren so leicht. Er lehnte sich zurück.

Das Leben war bequem und frei und machte einigermaßen Spaß.

Wenn man nicht darüber nachdachte.

*

Es regnete oft und lange. Die Wetterprognosen kamen immer drei Tage vorher und erwiesen sich bis auf eine Stunde genau.

Und was ihn zu Beginn seiner Spaziergänge wunderte, wurde bald zur Gewissheit: sie mieden den Regen.

So stellte er, sobald er die Gewissheit über das Wetter hatte, für die verregneten Stunden einen Antrag auf einen Spaziergang im Park.

Ash wusste nicht, ob der Niederschlag besonders sauer, anderweitig schädlich oder vielleicht mit Giftstoffen angereichert war. Vielleicht auch wollten sie einfach nur nicht nass werden oder hatten Gründe, die ihm wie so vieles in ihrer Gedankenwelt nicht zugänglich waren.

Die Information über Schadstoffwerte der Luft oder des Wassers waren nicht verfügbar, ebenso wenig wie Informationen über die Industrie im Allgemeinen, aus der er hätte Rückschlüsse ziehen können.

Und während der warme Regen niederging, wanderte er barfuß, sorgfältig darauf bedacht jede größere Pfütze zu durchwaten, einsam durch die Parks.

*

Ash schätzte, dass es mittlerweile ein Jahr her war, als man ihn gefunden hatte. So mochte es September sein. Er wusste es nicht. Wahrscheinlich wusste es, bis auf jene geheimnisvolle Überwachungsbehörde, niemand. Wieder gab es auch darüber keine offizielle Information. Vielleicht hatten sie die Monate auch ganz abgeschafft und machten nur am Ende des Jahres einen kleinen Haken.

So etwas wie Altweibersommer war in die Parks eingezogen, und Ash berührte die feinen, hauchzarten Gewebe, als wären sie vertraute Botschafterinnen aus seiner Zeit.

Das Zufallsprinzip, das darin bestand, dass ihn ein automatisches Zubringerfahrzeug ohne vorherige Bekanntgabe des Zieles in eines der Reservate chauffierte, hatte ihn in den Park geführt, der an die Klinik grenzte.

Das Fahrzeug hielt an der Hauptpforte des Parks. Sie öffnete sich einen Spalt, so dass Ash hindurchschlüpfen konnte.

Die Klinik, ein graues, würfelförmiges, funktionales Gebäude, lag linkerhand auf einer kleinen Anhöhe. Der Hauptweg ging in gerader Linie darauf zu. In fast der Hälfte der Strecke zweigte ein schmaler Pfad nach rechts ab.

Es war sein Pfad. In seinen Tagen als Patient hatte er, sich seinen eigenen Weg bahnend, das hüfthohe Gras so oft heruntergetreten, dass im Laufe der Wochen jener schmale Durchgang entstanden war, der sich durch Büsche und Sträucher schlängelte. Erst nach einer Weile wurde ihm die Merkwürdigkeit der Tatsache bewusst, dass das nasse Gras heruntergetreten war. Sein letzter Spaziergang lag mehrere Monate zurück - niemand in dieser Gesellschaft würde einen nicht befestigten Weg benutzen, der irgendwohin führte. Wer also ...?

Ash folgte dem Pfad.

Der Weg verlief entlang mehrerer mannshoher, bambusähnlicher Sträucher bis zu einem kleinen morastigen Tümpel. Dort musste Ash über flache rutschige Steine balancieren, um weiterzukommen. Er würde an ein dichtes Gebüsch gelangen, an dessen Zweigen braune Beeren wuchsen, und dann nach wenigen Metern in den Schutz des überhängenden Geästes einer großen Eiche.

Dort wäre es selbst während des Regens trocken, er erinnerte sich, dass es nach Holz und Erde roch.

Während seines Aufenthaltes in der Klinik hatte er sich, sooft es ihm möglich war, hierhin zurückgezogen. Dann saß er auf einer kräftigen Wurzel, die den Boden durchstoßen hatte, um seinen Gedanken an diese Zukunft, in die er und seine beiden Freunde sich unwiderruflich und leichtsinnig begeben hatten, nachzugehen.

Er konnte sich nicht erinnern, an diesem Ort je einen Menschen getroffen zu haben. Heute, fast ein Jahr später wusste er, warum. Ihr Blickwinkel war ein anderer, ihr Schönheitsempfinden wurde geprägt von künstlichen Farben, von exakt berechneten und aufeinander abgestimmten Abmessungen und Dimensionen.

Es war, als würde dieser zauberhafte, ursprüngliche Platz für sie nicht existieren. Sie waren der Natur - selbst den kläglichen Resten gegenüber, die in den Reservaten von ihr übriggeblieben waren - in einem Masse entrückt, dass sie deshalb sogar den Regen mieden.

Ash Stimm bog die geschmeidigen Zweige mit den braunen Beeren daran ein wenig zur Seite und wand sich hindurch.

Ein Mann saß auf seinem Platz auf der Wurzel, die Ellenbogen auf die Knie gestützt, das Gesicht in den Händen vergraben.

Im Rauschen des Windes und dem Prasseln der Regentropfen hörte der Fremde ihn nicht nahen. Ash hätte sich herumdrehen, unbemerkt davongehen können, um sich einen anderen Ort der Ruhe zu suchen, doch es war der Anblick dieses Mannes, der ihn festhielt.

Es war ein Bild des Kummers. Es war sein eigenes Abbild, an stillen und nachdenklichen Stunden in seiner Wohnung.

Der Fremde blickte auf.

Es war nicht sein Gesicht, aber es waren seine Augen.

Die Augen von Dan, von Danilow Larsson, der diese Zukunft angeblich nie gesehen hatte.

Danilow starrte ihm gebannt in das Gesicht und forschte seine Gesichtszüge aus.

Ash ging ihm einen vorsichtigen Schritt entgegen.

„Ash", kam es leise, fast gebrochen über die Lippen des

Mannes. Und dann noch einmal, zögernd, verhalten und ungläubig: „Ash Stimm? Du lebst?“

*

Sie hatten Dan die Aufzeichnungen gezeigt, als fünfzehn, in dunkelrote Schutzanzüge gehüllte Gestalten, die drei sargähnlichen Behälter und den Energiekonverter fanden. Danilow Larsson hatte das faustgroße Loch in Ashs Spezialbehälter gesehen. Es war, hieß es, schon seit mehreren Wochen darin. Das Kühlmittel hatte entweichen können und Ash Stimm war gestorben, hatte seine Neugier und Hoffnung nach einer besseren neuen Welt mit dem Leben bezahlt.

Yarold war etwas später in einer anderen Klinik um das Leben gekommen, ohne einmal das Bewusstsein wiedererlangt zu haben und ohne, dass Larsson ihn je gesehen hatte.

Danilow selbst war mit der schönen neuen Welt nicht klargekommen, trieb ziellos dahin. Mit dem tatkräftigen Mann von einst hatte er nichts mehr gemeinsam. Sein Gesicht war verquollen, die Haare hingen ihm ungekämmt bis auf die Schultern. Und er sah krank aus.

„Sie resozialisieren mich, Ash“, sagte er mit brüchiger Stimme. „Stell´ dir das vor, Ash: mich, ausgerechnet mich. Diese hirnlosen, verlogenen Schwachköpfe. Diese ... Fische.“

Ash nahm Danilow Larssons Hand in die seinige. Sie fühlte sich an wie ein kalter, zitternder Fremdkörper.

„Deshalb wollen sie mich operieren, das Gehirn verändern. Wahrscheinlich stelle ich zu viele Fragen, bin nicht zufrieden genug.“ Dan fuhr zusammen. „Ich friere“, flüsterte er verlegen und kratzte unbeholfen mit einem Finger an der Wurzel, auf der er saß. „Die Operation ist in einer

Woche. Ich glaube sogar, sie haben mir einen Tumor eingepflanzt, damit ich keine Wahl habe. Damals, in der Klinik", sagte er kaum hörbar. Schließlich sah seinem Gegenüber in die Augen und beugte sich ein wenig vor. „Anpassung oder Tod lautet die geheime Losung."

Dann schwieg er eine Weile, hob schließlich eine Handvoll Erde auf und roch daran. „Aber ich werde nicht teilnehmen, Ash, ich werde mich davonstehlen." Die Erde rann durch seine Hände. „Ich werde mich ihrem Zugriff entziehen. Ihre Technologie ist dafür wirklich ausgezeichnet geeignet." Er kicherte leise und ein wenig irre vor sich hin. „Du errätst nie, was ich vorhabe."

*

Ash war sich nicht sicher: Hatte Danilow Larsson einfach nur vergessen, es ihm zu sagen? War er schon zu krank oder verwirrt, um noch daran zu denken? Oder war es ihm gleichgültig? Wenn man die Maschine von innen bediente, wenn man seinen Körper somit eigenhändig jenem Medium übergab, war es unmöglich, das gesamte Gehirn und das Bewusstsein auszuschalten.

Ash Stimm spüre die Kälte nicht im Geringsten, denn er spürte seinen Körper nicht. Das war gut so. Wenigstens etwas.

Die Sarkophage funktionierten vollkommen autark und unabhängig von äußeren Energieeinflüssen. Mochte der Himmel wissen, wofür die unnahbaren Menschen dieser Zivilisation sie benötigten. Die Behälter waren praktisch unzerstörbar, trotz ihres geringen Gewichtes. So war es für Ash ein Leichtes gewesen, einen davon aus der Klinik zu stehlen und an den wunderbar nach Erde und Holz duftenden Platz unter der Eiche zu tragen.

Auch würde der Vorgang, einmal ausgelöst, nicht unterbrochen werden können - es war eine unwiderrufliche Entscheidung.

Vielleicht fand man sie irgendwann, entdeckte die primitive Vorrichtung, mit deren Hilfe er das Erdreich zwanzig Zentimeter über den zwei Behältern hatte zusammenstürzen lassen.

Sie werden sich emotionslos wundern, dachte Ash, wieso wir jenen großen Baum gewählt haben, um etwas zu tun, was jenseits ihrer müden Vorstellungskraft, aber womöglich auch ihres Interesses liegt.

In jedem Fall wird es eine Information, die für andere nicht verfügbar ist.

Wenn sie uns finden, dachte Stimm. Vielleicht aber kommen sie nie dahinter. Blätter werden herabfallen. Manchmal Schnee, an kalten Tagen. Ash Stimm hatte den Geruch des Holzes und der Erde mit sich genommen. Er würde ihn begleiten, die nächste Zeit. Ihn erinnern, dass es immer noch die Erde war, auf der sich das Leben abspielte.

Für Yarold King hatte er eine Botschaft hinterlassen, die nur dieser verstehen könnte. Falls dieser noch lebte. Falls er sie erhalten würde. Vielleicht würde Yarold den Mut haben, um diesen langen Schlaf antreten, der kein Schlaf ist, und seinen zwei Freunden folgen.

So, wie Ash Stimm Dan folgte.

Dieser hatte, ihn mit fiebrigen Augen ansehend, das Jahr und den Tag mitgeteilt, an dem ihn die Automatik aus seiner frostigen Lethargie befreien würde. Ash Stimm hatte ihre beiden Behälter synchronisiert - sie würde erneut auferstehen zum gleichen Zeitpunkt, in derselben Zukunft.

Ash war voller Hoffnung. Zusammen sind wir unschlagbar, waren einst die Worte, die hinter ihrer Idee standen.

Geborgen zwischen den Wurzeln des großen Baumes liegend blieb ausreichend Zeit um darüber nachzudenken, ob es wirklich ein Zufall war, der Dan und ihn im Park zusammengeführt hatte.

Es würde auch Zeit genug sein um ein Urteil fällen zu können über die Welt, die sie nun verließen. Um die bestmögliche aller zukünftigen Welten zu ersinnen, sich einen Glauben zu formen und darin zu verharren.

Zumindest für die nächsten einhundert Jahre - bis zu jenem fernen Tag des nächsten Erwachens.

Die Quadratur des Kreises

„Die Quadratur des Kreises, los, beweis' es!", sagte die nichtmenschliche Stimme.

Master Ontilsky wandte den Kopf und sah Master Bintkyff missmutig an. „Es ist unerträglich, Master Bintkyff. Er redet nur Unsinn. Den halben Tag lang. Der Hohlkopf gehört leise gestellt."

Wieder ertönte der Singsang des Computers: „Hallo Master Ontilsky. Fang' mich doch. Wie lange ist ein halber Tag in irgendwo? Nein, ich bin kein Hohlkopf. Los, beweis' es!"

Aufgebracht schleuderte Master Ontilsky sein leeres Bierröhrchen in das Blindfeld an der Wand. Tropfen der Flüssigkeit verspritzten während des kurzen Fluges im Zimmer. Schließlich verschwand das Röhrchen lautlos.

Kleine elektronische Säuberungsratten huschten aus ihren Löchern. Ihren Mäulern entwich leise zischend ein feiner Strahl Dampf, den sie auf die frischen Bierflecken sprühten. Dann wetzten sie ihre mit winzigen rotierenden Borsten bestückten Bäuche darauf. Erst als Sensoren den vorgegebenen Reinigungsgrad anzeigten, zogen sie sich zurück.

Währenddessen hatte Master Bintkyff beschwichtigend seine feuchten Hände in Master Ontilskys Richtung gehoben. „Ja", brummte er. „Ja doch." Er erhob sich träge.

„Lass' mich am Leben, oh Master Bintkyff", reagierte der Computer daraufhin mit weinerlicher Stimme. Auf dem Bildschirm erschien die Abbildung eines Chinesen, der sich mit rasender Geschwindigkeit niederwarf und wieder aufstand.

Master Bintkyff trat gegen die Metallfront des unverrückbar in die Wand eingelassenen Computers und stellte die Lautstärke so leise wie möglich, während er diesen Akt mit einem selbstzufriedenen Grunzen begleitete.

„Das", flüsterte der Computer kaum hörbar, „werde ich mir merken." Dann brabbelte er weiter und ununterbrochen still vor sich hin. Seine künstliche Stimme wurde zu einem Geräusch im Hintergrund.

Master Ontilsky lehnte sich entspannt zurück und griff nach einer Spielkonsole. „Du beginnst", sagte er und reichte Master Bintkyff die Konsole. „Du bestimmst die Welt. Ich suche die Person aus."

Eine weibliche Stimme aus den Deckenlautsprechern unterbrach ihn unvermittelt: „Luftaustausch in drei Minuten. Luftaustausch in drei Minuten. Bitte bereiten Sie sich entsprechend vor."

„Bitte bereiten Sie sich entsprechend vor", äffte Master Ontilsky die Stimme nach. Dennoch nahmen die Männer ihre Helme vom Fußboden, um sie sich aufzusetzen.

„Luftaustausch beginnt. Luftaustausch beginnt", sagte daraufhin die Stimme, welche nun ein wenig dumpf in ihren Ohren klang.

Durch zahlreiche an der Decke angebrachte Düsen wurde ein orangefarbener Nebel in das Zimmer geblasen, welcher nach wenigen Sekunden in ein tiefes Rot überging und zu Boden sank. Schließlich verschluckte die Saugvorrichtung den roten Nebel, aus den Öffnungen quoll nun weißlicher Rauch, der dann durchsichtig wurde.

Sekunden später tönte es erneut aus den Lautsprechern: „Luftaustausch beendet. Luftaustausch beendet. Die Städtische Luftaustauschgesellschaft wünscht Ihnen viel Freude beim Atmen. Ihr Konto wird belastet, Master Bintkyff."

Dieser nahm seinen Helm ab und ließ ihn zu Boden fallen. Master Ontilsky folgte seinem Beispiel, bevor er einer kleinen Box ein neues gefülltes Bierröhrchen entnahm.

Der Luft beigemischt war jetzt eine leicht süßliches Konzentrat, das jedoch den Grundgeruch, eine Mischung aus Schweiß, Bier und überhitzter Elektronik, nicht vollständig überdecken konnte.

„Es sei Amphors in M. Neunzehnter Quadrant", sagte Master Bintkyff zu seinem Gegenüber.

Dieser dachte einige Sekunden nach. „Es sei Rongaj Derwowitsch. Der Planer."

Master Bintkyff aktivierte die Konsole.

*

Das Theaterstück hatte Rongaj Derwowitsch nicht gefallen. Abgesehen davon, dass die schwachen Dialoge seinen Intellekt sträflich unterforderten, waren seine hohen ästhetischen Ansprüche nicht im Geringsten befriedigt worden. Die Kritik allerdings nannte es eine präzise soziale Milieustudie. Zudem war es zweifelsohne ein Erfolgsstück, da es seit Wochen an den staatlichen Bühnen lief und die Leute begeisterte. In der Zurückgezogenheit seines hermetisch abgeschlossenen Appartements schloss Rongaj Derwowitsch missbilligend seine diamantenen Augen, wobei er sich besorgt fragte, ob sich daraus nicht Rückschlüsse auf die geistige Gesundheit der Bevölkerung ableiten ließen.

Nach Beendigung des Stückes hatten die Zuschauer ihre vorher im Foyer erworbenen roten Luftschlangen auf die Bühne, auf dem der riesige Bildschirm stand, geworfen. Ein sicheres Zeichen, dass sie glücklich waren mit dem Dargebotenen und die versprühten Aerosole wie vorgesehen gewirkt hatten.

Rongaj Derwowitsch unterzog sich nicht der Mühe der Beifallsbekundung, worauf die Verabschiedung aus seinem Freundeskreis nach Beendigung des Stückes entsprechend kühl ausfiel. Nun, er würde die üblichen vorgeschriebenen Repressalien bei Nichteinhaltung des Theaterkodex ertragen. Standhaft und heldenmütig, wie es im Buch Egg vorgeschlagen wurde.

Durch gewundene Gänge ließ er sich anschließend an die Oberfläche und danach in sein Labor begleiten, wo er schon erwartet wurde. Einige der Anwesenden trugen, völlig unpassend, gelbe leuchtende Umhänge. Zweifelsohne waren sie von einer de Feiern zu Ehren der fünf Sonnen gekommen.

Schaudernd und schweigend durchquerten sie den Trakt der linearen Schöpfung und fuhren in den Abgrund, wo sie sich trennten und in ihre Räume begaben.

Rongaj Derwowitsch schloss die luftdichte Sicherheitstür, anschließend setzte er sich auf seinen Platz. Er dachte kurz darüber nach, wie die Ereignisse des Abends verwertbar wären. Schließlich legte er, nachdem er die Arretierung gelöst hatte, einen Kippschalter um.

Ein pikantes dreistufiges Aerosol wurde in den kleinen Raum gesprüht, worauf Rongaj Derwowitsch tief einatmete. Chemische Veränderungen in seinem Zerebrum nahmen ihren üblichen, vorausberechneten Lauf, bis eine eingepflanzte Automatik oberhalb des Kleinhirnes die festgelegte Sättigung registrierte. Ein rosafarbener Saugnapf umschloss sowohl seine Haare als auch sein Haupt. Eine hauchdünne scharfe Klinge trennte seinen Kopfnachbau schnell und exakt an der markierten Stelle von seinem halbmechanischen Körper ab.

Der Saugnapf bewegte sich seitwärts, um schließlich das künstliche Haupt behutsam in einem Trichter abzulegen. Durch das daran angeschlossene verzweigte Rohrsystem wurde der Schädel sanft hinab in das unterirdische Herz der Anlage befördert.

Nachdem er die Sicherheitskontrollen passiert hatte, befestigte ein weiterer Greifarm den Kopf des Rongaj Derwowitsch an seinem Platz. Ein biegsamer, glänzender Schlauch mit einer langen dünnen Nadel daran, schwenkte herbei. Dessen Spitze stieß durch das in der Mitte durchbrochene linke diamantene Auge nach oben, in die im Gehirn implantierte Kanüle. Gehirnströme wurden gemessen, ausgewertet und mit denen der anderen bereits wartenden Köpfen jener in den gelben Umhängen verbunden.

Konzentration und gemeinsame Intelligenz waren gefragt, wenn es um die Aufrechterhaltung und Steuerung der Handlungen und Umgebung des alten Unionpräsidenten ging.

Dieser war in die Geschichtsbücher eingegangen als Aars Lin.

*

Aars Lin, der altersbedingt ausgeschiedene Präsident der Union, wunderte sich oft, dass nach den bekanntgegebenen Messungen die Luft hier immer noch so klar war wie vor fast einhundert Jahren. Als ob es nie Industrie, die damit verbundene Luftverschmutzung oder den Fallout gegeben hätte.

Der offizielle Sommer hatte begonnen. Er verbrachte viel Zeit auf einer Anhöhe am See, roch die Natur und bestaunte die Verfärbung der Blätter. Er war nicht ganz sicher, doch in seiner Erinnerung verband sich die Tönung von Blättern mit dem Begriff Herbst.

An manchen Tagen ruderte er hinaus und angelte. Das Wasser schien nicht immer die gleiche Konsistenz zu haben, manchmal erschien es ihm gar, als sei es zäh. Das Rudern wurde dadurch erschwert und die Fische bissen schlecht.

Sein neuer Sekretär sagte, dies sei eine Sache der Oberflächenspannung. Die Bewegungen der Wassermoleküle verlangsamten sich, wenn die in der Nähe befindliche Energiestation in Spitzenzeiten Strom lieferte.

Zwischen den Bäumen am nördlichen Ufer lag ein wenig Schnee, was Aars Lin ebenfalls irritierte. Der tiefe See erzeugte an dieser Stelle über einen Kälteschlot eine thermische Konstante, die nur ein wenig unter dem Gefrierpunkt lag, erklärte ihm sein Sekretär.

Abends, wenn es kühler wurde, lag er wie jetzt in seinem Liegesessel vor dem Kamin in seinem Landhaus, hörte das Knacken und Prasseln des brennenden Holzes oder Musik. Er las die wenigen noch nicht zensierten Klassiker des Altertums, die sich den Luxus der langen Namen anscheinend noch geleistet hatten.

Dabei trank er langsam einen Schluck des unbezahlbaren Tafelwassers, wie es einem pensionierten Unionspräsidenten zukam. Genüsslich zerkaute er das kalte Wasser in dem Versuch, den Jahrgang der Abfüllung herauszufinden. Er irrte sich fast immer, aber das war ihm vollkommen gleichgültig.

Seine Finger drückten im Takt der Musik spielerisch auf die in der Armlehne seines Liegestuhls integrierten Mulden der Tastatur - er genoss es, einer seiner letzten Privilegien nachzugehen.

Die entstehende Zahlenkombination öffnete, irgendwo fern von ihm, eines der Millionen Tore. Eines der Tore ins dunkle und unerforschte Niemandsland.

Dort gab es eine Bewegung im Schwarz. Ein formloser Schatten schien sich zu bewegen, träge dahinkriechend. Als hätte er ein Ziel vor Augen, welches er mit zeitloser Präzision erreichen würde. Das Schwarz gewann an Licht, und der formlose Schatten nahm Gestalt an.

Mit zunehmender Gestalt begann sich auch sein Name zu bilden: Omes.

*

Omes schloss das Buch, wodurch die Informationsillusion mit einem leisen, wohltönenden Klingen verschwand. Er sah die ihm gegenübersitzende Soa erwartungsvoll und vielsagend an.

Soa schüttelte lächelnd ihren Kopf. „Ja, es war eine andere Welt", sagte sie. „Für uns fremd, unverständlich, absurd, traurig. Aber vielleicht sind sie doch glücklich?"

„Glücklich in einer Welt ohne Freiheit?", fragte Omes. „Permanent überwacht, die Individualität auf ein Minimum eingeschränkt?"

„Woher wollen wir das wissen? Was machen Ontilsky und Bintkyff, wenn dieses Buch geschlossen wird? Existieren sie weiter? Gibt es für sie ein Leben danach oder nicht? Wir wissen es nicht."

„Niemand weiß es." Die Hände von Omes strichen behutsam über das Buch, während er nach draußen sah.

Die Sonne weit von ihnen entfernt pulsierte gemächlich. Der Schatten ihrer sie umhüllenden Kugel tanzte über die flache Landschaft, und graue, exakt angeordnete Berge bestimmten den Horizont. Die Konturen aller Dinge waren deutlich zu erkennen. Schatten hoben sich scharf und sauber vom Licht ab. Sie überflogen Niemandsland.

„Vielleicht", sagte Omes nachdenklich, „sind wir ebenfalls nur Informationsillusionen? Ist dir dieser Gedanke je gekommen? Vielleicht wird auch unser Leben, ohne dass wir es merken, ständig umgeschrieben, neu erfunden und mit anderen Welten verknüpft?"

Soa berührte sanft seine Wange. „Omes, was für ein seltsamer Gedanke! Und wie sollte dies funktionieren? Unsere Spezies ist einmalig, Omes. Hat sie nicht eine lückenlose Geschichte? Haben wir nicht unsere Erinnerungen? Nein,

Omes! Wir, nur wir sind die Erschaffer der Welten! Der Beweis dafür befindet sich in deinen Händen!"

Omes schwieg eine Weile, dann jedoch lächelte wissend. „Probieren wir etwas Neues!" Er öffnete das Buch. „Entstehe!"

Zwischen den Buchdeckeln entstand mit leisem, wohltönendem Klingen eine neue Informationsillusion, wurde größer und größer, bis sich eine Wüstenlandschaft zeigte, an dessen Ausläufer ein riesiger Pyramidenstumpf stand, an dem Trauben voller braungebrannter Zweibeiner einer schweißtreibenden Tätigkeit nachgingen.

Verständnis

Ed Harris sah die Aufzeichnung nun zum vierten Mal hintereinander. Bequem zurückgelehnt in seinem Ledersessel, die Fingerspitzen gegeneinandergedrückt, beobachtete er schweigend, wie die Kamera den Anflug und die Landung des außerirdischen Raumschiffes einfing.

Die Fremden waren kurz nach Mittag angekommen, als die Sonne fast senkrecht am Himmel stand und die Sicht auf das Raumschiff mit bloßem Auge erschwerte. Ihr Flugkörper aus dem Universum war auf den Millimeter genau dort niedergegangen, wo die fremde Zivilisation es angegeben hatte. Wahrscheinlich hatte sie die Hilfe des schicken roten Landeskreuzes der Menschen als Orientierung nicht benötigt, doch der Oberbefehlshaber der Streitkräfte war ein Dickkopf und sein Wort von Gewicht.

Nachdem das Raumschiff aufgesetzt hatte, bildete sich kurze Zeit später eine Blase aus dem erdnahen Teil heraus, die wie ein öliger Tropfen nach unten rutschte und schließlich sanft auf dem Boden auftraf. Der Fahrstuhl war da.

Dann sah Ed Harris, wie ein Mann an der Kamera vorbei dem riesigen Flugkörper entgegenging. Dessen Gesicht vermittelte einen konzentrierten, beherrschten Eindruck. Der Gang war aufrecht und gerade und die Brust herausgedrückt. Der Schritt wirkte fest und entschlossen. Es war der Mann, dem Amerikaner blind vertrauen würden. Ed Harris seufzte, denn der Mann war er, und er hatte einige Stunden vor dem Spiegel investiert, um diese Haltung zu verinnerlichen.

Ein wenig wie der Prototyp des idealen Homo Sapiens war er sich vorgekommen. Neun Milliarden Menschen, und er, Ed Harris, Staatssekretär, war der Erwählte.

Wenige Meter vor der Blase, die fünf oder sechs Meter hoch sein mochte, war er, sich schon im Schatten des

Raumschiffes befindend, stehengeblieben.

Die Blase begann sich schlierig zu verfärben, was ihn sofort daran erinnerte, wie ihn ab diesem Zeitpunkt ununterbrochen die Frage bewegt hatte, ob das Gastgeschenk, das er in den Händen hielt, richtig und angemessen sein würde. Die Frage war ebenso wichtig wie kurios: was übergibt man einer außerirdischen Zivilisation als Willkommensgeschenk? Einen Ölzweig? Den Schlüssel zum Weißen Haus? Einen Laib Brot und Salz? Zwei Kilogramm gesiebte Muttererde? Eine Atombombe mit einer integrierten Fernzündung? Es gab kein Protokoll, nach dem man sich hätte richten können, noch nicht einmal eine schlaue Empfehlung von der NASA.

Plötzlich platzte die Blase auf und eine ungefähr vier Meter hohe Öffnung entstand, während die herausgespritzte Flüssigkeit rasch im Erdboden versickerte. Aus der Öffnung wälzte sich ihm entgegen ein riesiger grauer formloser Pudding. Er würde als Held sterben, hatte er gedacht. Aber er war stehengeblieben, trotz der erbarmungslosen Faust um sein Herz.

Die graue Masse kam dreißig Zentimeter vor ihm zum Stehen. Sie waberte noch ein wenig, beruhigte sich jedoch schnell.

Für ihn entstand eine beispiellos peinliche Situation. Der formlose Pudding war mindestens drei Meter hoch und es gab nicht das geringste Anzeichen, an welcher Stelle sich was für ein Körperteil befand.

Der Himmel mochte wissen, ob der Kopf oben war, falls er überhaupt einen solchen besaß.

Er kam sich vor wie ein Trottel, mit seiner Schale aus Tropenholz voller Gastgeschenke in den Händen. Ein Idiot sozusagen, von dem vielleicht der Verlauf der Weltgeschichte abhing. Wieder ein Idiot, von dem der Verlauf der

Weltgeschichte abhing.

Der Außerirdische nahm ihm jegliche Entscheidung ab.

Ein dreifingriger biegsamer Arm ohne Gelenke wuchs plötzlich aus dem Berg vor ihm und umschloss einen Teil der Holzschale.

Mit sanfter aber unwiderstehlicher Kraft wurde ihm diese aus den Händen genommen und verschwand in der grauen Masse. Es bot sich nicht die geringste Gelegenheit, seinen vorbereiteten Text aufzusagen. Dieser hätte im Wesentlichen vom Frieden und Kooperation gehandelt und davon, wie begeistert die gesamte Menschheit bis hin zum letzten Indio darüber war, eine ähnlich technisch hochstehende Zivilisation wie sie selber getroffen zu haben.

Bevor er sich von seiner Überraschung erholt hatte, streckte sich ihm erneut ein dünner Arm entgegen. An seinem Ende befand sich ein länglicher schwarzer Kasten von der Größe einer Zigarrenschachtel, den der exterrestrische Klops in seine Hände legte. Dann begann der große Fremde wieder zu wabern, glitt zurück zum Raumschiff, um anschließend in der Öffnung zu verschwinden.

Auch jetzt konnte Ed Harris nicht feststellen, ob der Außerirdische sich rückwärts bewegte, sich umgedreht hatte oder ob es vielleicht überhaupt keine Rolle spielte.

Er schaltete die Aufzeichnung ab. Er mochte nicht schon wieder sehen, wie die Kamera sein Gesicht herangezoomt hatte, auf dem zwei Dinge deutlich ablesbar waren: Seine Freude darüber, dass er noch lebte und gleichermaßen seine Bestürzung hinsichtlich der Tatsache, dass er nicht als Erwählter und Vertreter der Menschheit behandelt worden war, sondern eher als eine Art überbringender Idiot. Als globaler Einfaltspinsel.

Der Präsident saß, das Gesicht in den Händen vergraben, an seinem Schreibtisch, während sein Sekretär, ein kleiner schwarzhaariger diplomatischer Mann mit leicht vorstehenden Augen, an einer Wand stand und ungeheuer interessiert die Bilder der amerikanischen ruhmreichen Geschichte betrachtete, die er jeden Tag sah.

Die anderen Anwesenden, die sich in dem großen getäfelten Raum fast verloren, waren fassungslos. Der uniformierte Oberbefehlshaber der Streitkräfte, eine schmallippige und am Schreibtisch fett gewordene Kämpfernatur ebenso wie der namenlose dünne Mann vom FBI und auch Stanton, der Spezialist von der NASA, wobei die letzteren in stummer Übereinstimmung und in Ablehnung der Situation aus dem Fenster sahen.

Es war ein freundlicher Tag. Ein leichter frischer Wind wehte. Die Luft war klar, und die Konturen aller Dinge waren scharf umrissen. Die Sonne schien. Eine seltsame abwartende Ruhe schien über der Stadt zu liegen.

Ed Harris hüllte sich wie Max Wilbury, ein Vertreter des Institutes, welches seit Jahren hartnäckig und erfolglos die Suche nach außerirdischer Intelligenz betrieb, in Schweigen, während er die ratlosen Männer betrachtete.

Irgendwo draußen im All spannen die Parzen ihre Fäden. Große fette Parzen ohne Kopf.

Ed Harris dachte über die Botschaft nach, die das Institut vor einer Woche empfangen hatten. Mit einer Zeichenkette, die jedes Kind hätte entschlüsseln und deuten können, waren sie darauf hingewiesen wurden, dass jenseits der Sonne außerirdische, intelligente Lebewesen im Anflug waren. Zuerst hatten Wilbury und dessen Kollegen an einen Scherz geglaubt. Zu detailliert waren die Informationen. Die Logik geradezu menschlich. Und die Botschaft enthielt zudem genau das, was man von einer exterrestrischen Rasse erwartete und erhoffte und was nach der Wahrscheinlichkeitsrechnung nie hätte eintreten dürfen.

`Wir kommen in Frieden, Planetoiden´ lautete sinngemäß der erste Satz der Mitteilung. `Wir sind glücklich darüber, eine bewohnten Planeten gefunden zu haben. Wir sind interessiert an euch´. Dann hieß es weiter: `Wir entnehmen Sauerstoff und Wasser von eurem Planeten. Wir werden euren Planeten vermessen. Habt keine Sorge´.

Die Sektkorken hatten geknallt, sie waren einander um den Hals gefallen und hatten ihre Arbeit bestätigt gesehen. Allesamt hatten sie den Eindruck gemacht, als hätten sie schon monatelang Bescheid gewusst, dass so etwas geschehen würde.

Bei der Besprechung mit dem Präsidenten hatte Wilbury mindestens zehn Mal hintereinander gerufen: `Ich wusste es´. Wilbury der Erleuchtete. Harris der Erwählte.

Als das Raumschiff schließlich in Erdnähe war, versuchten die Menschen einen Austausch über Mathematik, Moleküle, das Leben und den ganzen Rest anzuregen, doch die Fremden reagierten nur sporadisch und blieben einsilbig.

Das Institut übermittelte einen kurzen Abriss über die Geschichte Amerikas, ab der Ankunft von Kolumbus bis hinein in das achtzehnte Jahrhundert, doch seitens der Fremden erfolgte darauf nicht die geringste Reaktion.

Am dritten und vierten Tag konnten Millionen faszinierte Nordamerikaner mit bloßem Auge beobachten, wie die Raumschiffe der Außerirdischen sich am Himmel bewegten, wie ein irrwitziges Gewitter aus blauen Strahlen den Boden abtastete und ihren Kontinent vermaß.

Am fünften Tag sandten die Außerirdischen ihr selbsterstelltes Koordinatensystem der Erde und die Mitteilung, wann und wo sie landen würden, um den ersten direkten Kontakt aufzunehmen.

Seltsamerweise hatte es fast keine Diskussion darum gegeben, wer den Außerirdischen zuerst gegenübertreten sollte. Erst jetzt kam ihm der Gedanke, dass er nicht auf Grund seiner besonderen Fähigkeiten im Umgang mit exterrestrischen Lebewesen ausgesucht worden war, sondern weil, wenn etwas schiefgehen sollte, er entbehrlich war. Harris der Entbehrliche.

Hin wie her, dachte er sich, bis jetzt war alles soweit glatt verlaufen, dass selbst der ewig nörgelnde junge Präsident seiner Zufriedenheit mit dem allumfassenden Wort `Prima´ Ausdruck verlieh.

Und jetzt das.

Der schwarzen Zigarrenkasten, den der außerirdische Klops ihm etwas brüsk übergeben hatte, enthielt eine Abspielgerät sowie eine Art achteckige Disc mit einer neuen Botschaft.

Plötzlich wusste Ed Harris, warum ihm persönlich die Formulierung der Fremden `Wir sind interessiert an euch´ nicht gefallen und einen schalen Geschmack im Mund verursacht hatte, denn die Botschaft war kurz und sehr verwirrend:

`Planetoiden! Wir haben verstanden. Wir werden entsprechend handeln und euch unsere Macht demonstrieren. Wir haben zwei Objekte ausgewählt. Wir möchten nicht, dass Lebewesen dabei vernichtet werden. Wir möchten, dass ihr es seht. Wir kommen in Frieden. Wir werden euch belohnen. Habt keine Sorge´.

Offensichtlich zur Vermeidung von Missverständnissen waren die Koordinaten und der Zeitpunkt angegeben.
Nach der Übertragung der Daten auf das irdische Maß und

der Bekanntgabe war Wilbury mit einem Blatt Papier, auf dem die entschlüsselten Daten standen, vor sie getreten: `Die Cheops Pyramide. Übermorgen. Zehn Uhr früh´. Er hatte geschluckt und geflüstert: `Die Freiheitsstatue. Übermorgen. Zehn Uhr früh´. Ungläubig hatte er, auf seinen Zettel starrend, langsam, als würde er buchstabieren, hinzugefügt: `Jeweils Ortszeit´.

Das Gesicht des Präsidenten hatte einen ungesunden grünlichen Schimmer angenommen, was aber durchaus zu ihm passte.

*

Was für ein Morgen!

Die Cheops Pyramide bot einen gewaltigen Anblick. Obwohl im Laufe der Zeit der Wüstensand an ihr genagt, eine zunehmende Anzahl Touristen daran herumgekratzt und eine Generation Grabräuber und Wissenschaftler nach der anderen darin Schätze gesucht hatte.

Heute war das Gebiet weiträumig abgesperrt. Doch auf den weiter entfernten Sanddünen konnte man kleine, sich bewegende schwarze Punkte erkennen die immer mehr wurden, seit das riesige Raumschiff zweihundert Meter unbeweglich über der Pyramide hing.

Harris sah auf seine Uhr. In fünf Minuten würden sie wissen, was die Außerirdischen unter einer Demonstration ihrer Macht verstanden. Der schale Geschmack im Munde war wieder da.

Im Gegensatz zu Wilbury und dem Präsidenten, der in nationaler Verbundenheit zur Freiheitsstatue zu Hause geblieben war, glaubte er nicht daran, dass ihre Freunde vom anderen Ende des Universums nur ein paar Steine von der Pyramide stoßen würden.

Seiner Ansicht nach bestand der Beweis der Überlegenheit schon darin, dass die Fremden ihre Zeitmessung erfasst, übernommen und angewandt hatten. Niemand hatte ihnen gesagt, woraus der Sekundentakt auf der Erde resultierte, auch wenn die Außerirdischen seit deren Botschaft fast ununterbrochen mit Informationen zu dieser Welt überschüttete wurden.

Die Männer nahmen ihre Ferngläser zur Hand. Harris der Erwählte sah auf seine Uhr.

Der Sekundenzeiger rutschte geräuschlos über die Zahl neun, erreichte und passierte die letzten fünf Striche und schlug an. Es war zehn Uhr.

Es geschah - nichts.

Ein leichtes Flirren in der Luft stieg vom Boden auf, welches der zunehmenden Hitze des Tages geschuldet war.

Das Raumschiff bewegte sich nicht.

Nach einer Minute gestattete sich Stanton, befreit auszuatmen.

Der dünne Mann vom FBI nahm seine Sonnenbrille ab, lehnte sich zurück und fuhr sich erleichtert durch das Haar.

Wilbury schlug eine Faust in die andere offene Hand und rief leise: „Ja! Ja! Ich wusste es!"

Der fette Oberbefehlshaber der Streitkräfte schlug seinem ebenso feisten ägyptischen Militärkollegen jovial auf die fleischige Schulter. In diesem Augenblick fiel die jahrtausendalte Cheops Pyramide ohne ersichtlichen Grund zu Staub zusammen, gerade so schnell, wie die irdische Schwerkraft es erlaubte.

*

Einigen Menschen standen Tränen in den Augen, als sie, auf dem Festland hinter abschirmenden Zäunen stehend und von kreisenden Hubschraubern überwacht, erleben mussten, wie der Wind die Überreste der plötzlich zu Staub zerfallenen Freiheitsstatue über das Meer davontrug.

Der Präsident schlug wütend mit der Faust auf seinen teuren Mahagonitisch: „Krieg. Die wollen Krieg!"

Die Augen des Oberbefehlshabers der Streitkräfte begannen zu glänzen und er nahm automatisch Haltung an. Aber er blieb stumm.

Selbst Militärexperten konnten später nicht sagen, nach welchem Verfahren die Außerirdischen die Zerstörung durchgeführt hatten. Somit war es unmöglich, ein effektives und erfolgversprechendes Gegenmittel zur Anwendung bringen zu können.

Bei der Abstimmung über den Krieg gab Ed Harris die technische Überlegenheit der Fremden zu bedenken, die unmöglich ignoriert werden konnte.

Am Ende der Krisensitzung meldete sich ein gerade hereingekommener und sehr blasser Wilbury zu Wort.

Er sah den Präsidenten an, während er vorlas:

`Planetoiden! Wir haben euch vorbeugend unsere Macht demonstriert. Wir hoffen nicht, dass Lebewesen wie ihr dabei vernichtet worden sind. Wir wissen genug von euch. Wir werden versuchen, alles richtig zu machen. auch wenn sich uns der große Zusammenhang nicht erschließt. Wir wundern uns sehr über euch, aber deswegen sind wir nicht hier. Wir werden noch ein einige Dinge herauslösen neben Sauerstoff und Wasser. Wir kommen in Frieden. Wir werden euch belohnen. Habt keine Sorge´.

*

Luigi Cantorra begann seine Erzählung damit, wie glücklich er damit sei, sich seine Wachdienste einteilen zu können. Er wählte oft den Nachtdienst. Verstohlen fügte er hinzu, dass er es albern und überflüssig fand, trotz modernster Überwachungstechnik mit einer Taschenlampe durch die Gänge zu schleichen, um nach Einbrechern Ausschau zu halten.

Die Geschichte eines Nachtwächters war in etwa das, was er sich unter der Wurzel aus Null vorgestellt hatte. Ed Harris seufzte.

Es war eine Nacht wie jede andere, wenn man davon absah, dass sich außerirdische Raumschiffe in aller Stille durch die Sphären des Planeten Erde bewegten, wovon er, Luigi Cantorra, allerdings zu diesem Zeitpunkt keine Ahnung gehabt hatte.

Der erste Raum, den er passiert hatte, enthielt Statuen. Gute alte wertvolle unbezahlbare Handarbeit, wie er fand. Der Mond schien durch die gesicherten Fenster und er war mit großen Schritten und leise quietschenden Schuhsohlen auf die langgezogenen Köpfe der Schatten getreten.

Nach einer Weile sei er in den roten Saal gekommen, sagte Cantorra. Er hatte wie üblich lässig nach links zu Raffael und nach rechts in die Videokamera gegrüßt. Das wäre ein kleiner privater Spaß.

Das Lächeln von Ed Harris war ein wenig schief, aber er ermutigte Cantorra, fortzufahren.

Ein Streifen des weißen Mondlichtes habe vor ihm eine fallengelassene Eintrittskarte auf dem Parkettboden beleuchtet und er hätte sich hinuntergebückt, was ihm in letzter Zeit ziemlich schwerfalle. Ja, ein kleines Problem mit dem Gewicht. Ein leichtes merkwürdiges Flirren schien mit einem Mal über dem Stück Papier zu schweben, wie das Zittern der Luft in der Sommerhitze über einer Asphaltstraße oder der Wüste, obwohl er das mit der Wüste nicht so genau wisse. Doch als er sich umgesehen hatte bemerkte er überall dieses feine unerklärliche Flimmern. Er hätte sich aufgerichtet und wäre erstarrt, denn um ihn herum habe sich die für ihn sichtbare Welt zu verformen begonnen.

Ed Harris bedankte sich bei dem Nachtwächter. Er wäre stolz auf ihn und solche Leute brauchte das Land. Wachsame aufrechte Amerikaner, ob sie nun Cantorra hießen und Nachkommen eingewanderter Italiener waren oder wie auch immer.

*

„Das ist das blödsinnigste, was ich je gehört habe", war Stantons freundlicher Kommentar. Dabei sah er geringschätzig auf den wesentlich kleineren Wilbury herunter, der sich in seiner Rolle als Hiob allerdings wohl zu fühlen schien.

Der Präsident saß an seinem Schreibtisch, hatte die Krawatte gelockert und lachte kopfschüttelnd leise vor sich hin. Ein Hauch von Irrsinn wehte anheimelnd durch das Zimmer.

Ed Harris stand zusammen mit dem Oberbefehlshaber am Fenster und rauchte, obwohl der Präsident Nichtraucher war und ein Verfechter der gesunden Lebensweise. Ein Vorbild.

Doch innerhalb der letzten Woche hatten sich einige Dinge geändert, und er hielt den lachenden Oberindianer am Schreibtisch sowieso für eine Niete und als Präsident ungeeignet.

Doch das war nicht der Grund der Misere, die Stanton so feinfühlig umschrieben hatte. Aber irgendwie, sinnierte er weiter, passt es dennoch ins Bild. Auch wenn er nicht wusste, in welches. Die Fremden hofierten offensichtlich einer Logik, die ihnen allesamt nicht zugänglich war.

Die Außerirdischen hatten innerhalb von zwölf Stunden über sechshundert nahezu unbezahlbare Gemälde aus

Museen und Privatsammlungen gestohlen. Sie hatten sie, laut Berichten von Augenzeugen, förmlich aus ihrer Umgebung herausgeschält. Nach welchen Gesichtspunkten bei der Auswahl die Klopse aus dem Universum vorgegangen waren und woher sie wussten wo sie die Gemälde finden würden, konnte sich niemand erklären.

Ganz zu schweigen von dem eigentlichen Sinn und dem Zweck der Aktion.

Andererseits, niemand war ernsthaft zu Schaden gekommen. `Habt keine Sorge´, hieß es in der Mitteilung. Vielleicht waren die Außerirdischen nur ein bisschen wirr im Kopf? Oder kosmische Kleptomanen? Oder hatten sie irgendetwas an den Informationen, die ihnen die Menschen über sich zur Verfügung gestellt hatten, falsch interpretiert? `Wir werden einige Dinge herauslösen´.

Aber mit Gemälden zu beginnen war wirklich - unsinnig.

Der Präsident beruhigte sich und hörte mit dem Lachen auf, während er mit dem Zeigefinger das eingerahmte Foto seiner pummligen Frau auf dem Schreibtisch hin und her schob.

`Wir werden euch belohnen´. Hoffentlich, dachte Ed Harris, besitzen die Außerirdischen keinen Sinn für Sarkasmus.

Er drückte seine Zigarette aus. Qualm stieg auf.

*

Ed Harris rekonstruierte im Geist die bruchstückhafte Mitteilung seiner Frau, die ihn nach einem Gespräch mit Deborah Hanson, einer ihrer unsäglichen Freundinnen, angerufen hatte. Er konnte sich die Szene lebhaft vorstellen: der Mann von Deb, Hank Hanson würde auf dem Sofa liegen und schlafen. Eine halbvolle Bierflasche war ihm vermutlich aus der Hand gefallen, und nach dem ehernen Gesetz der Boshaftigkeit würde sich der flüssige Rest höchstwahrscheinlich genau in einen seiner stark abgenutzten Pantoffeln ergossen haben.

Seine Frau würde liebevoll seinen schwammigen Bauch tätscheln, der zwischen Hemd und Hose hervorquoll und seine Beine von ihren kräftigen Oberschenkeln heben. Hank würde im Schlaf grunzen, Deborah ächzend aufstehen und sich einen Sessel vor den Fernseher rollen, darauf zusammenzusinken und die Lautstärke wieder erhöhen.

Sie hatten sich mit einiger Sicherheit den ganzen Tag, bis Hank eingeschlafen war, von Programm zu Programm gehangelt und jede Nachricht aufgesogen, die sich um die Außerirdischen gedreht hatte.

Deb hätte ein wenig betrübt festgestellt, dass sie sich, nachdem sie das erste Mal im Fernsehen von der Ankunft der Außerirdischen erfahren hatten, umsonst mit Lebensmitteln und Getränken eingedeckt hatten.

Weder gab es eine Ausgangssperre, noch einen spannenden Krieg oder einen Sympathisanten zu denunzieren.

Ed Harris fragte sich besorgt, auf wieviel wachsame und aufrechte Amerikaner er diese Szenerie wohl übertragen könnte.

Seine Frau meinte auch, im Fernsehen hieße es, die Gespräche mit den Fremden wären gut und zufriedenstellend und informativ, und sie freue sich für ihn. Wann er wieder einmal nach Hause kommen würde, wo es doch so prima laufen würde.

Auch wäre gesagt worden, die Sprengung der Freiheitsstatue, veranlasst durch die Regierung, wäre nur eine Sicherheitsmaßnahme gewesen und stelle keinen Grund zur Beunruhigung dar.

*

Mit Sicherheit war Wilbury betrunken, als dieser ihn in den frühen Morgenstunden anrief. `Eine neue Nachricht", faselte der Mann mit schwerer Stimme. „Sie sind unsere Götter und wollen uns etwas schenken. Juhu. Irgendwo auf einer Insel. Und sagte ich schon, dass sie in Frieden kommen?" Ed Harris legte kopfschüttelnd den Hörer auf. War es das wert, Informationen eines Betrunkenen weiterzugeben, die so absurd und seltsam war?

So seltsam, dass er sie dem Präsidenten und den anderen erst viel später mitteilte. Harris der Verräter.

*

Die ganze Nacht hatte es Perlen geregnet. Nahezu faustgroß waren sie und dennoch federleicht. Das Raumschiff musste sehr tief geflogen sein als es sie abwarf, sonst hätte der Wind viel mehr dieser Perlen in das Meer geweht.

Ihre Farbe war wie trübes Glas mit dunklen Einschlüssen.

Die Perlen schmolzen auf der Hand und zergingen.

Sie waren geruchlos.

Man sah sie überall, in den Bergen, auf den Dächern der Häuser und Bungalows, in davor aufgestellten Liegestühlen und in Swimmingpools, in den Zweigen der Büsche und Bäume.

Sie lagen verstreut an den Stränden und Ufern. Zur Ebbe nahm das Wasser sie mit auf das offene Meer und sie trieben mit dem Wind davon in Richtung des nächsten Festlandes, welches hunderte Meilen entfernt sein mochte.

Kinder bewarfen sich kreischend mit den durchsichtigen Gebilden. Touristen kamen innerhalb eines Tages aus der ganzen Welt und sammelten die kurzlebigen Artefakte.

In Vakuumdosen verpackt wurden sie in Laboratorien verschickt. Sie wurden getestet. Ihre molekulare Zusammensetzung analysiert. Ihre Auswirkungen auf den Menschen untersucht.

Am nächsten Tag bereits wurde die Insel unter Quarantäne gestellt.

Kriegsschiffe lagen auf hoher See und Matrosen beobachteten mit Ferngläsern voll Misstrauen das, was einmal ein Ferienparadies in der Karibik gewesen war.

*

Die geschriebene Nachricht war einen von vielen, die Ed Harris in diesen Tagen erreichte.

„Hier ist Jenny Mostley. Die Raumschiffe werden immer mehr am Firmament, das ist sicher. Sie werden aussehen wie ein Wespenschwarm. Es ist eine neue Botschaft Gottes. Ich werde sie interpretieren und der Wahrheit, der endgültigen Wahrheit wieder einen Schritt näher kommen. Genauso steht es geschrieben: Die Fremden kommen aus der Sonne. Sie kennen doch die alten Überlieferungen? Auch das Datum der Ankunft stimmt. Sie haben sie freundlich empfangen. Sie haben somit die erste Prüfung bestanden. Weitere Prüfungen werden folgen.

Ich bin mir nie einer Sache so sicher gewesen. Die Gottgesandten werden die Menschheit reinigen, auf ihre Art und Weise. Sie werden die Zivilisation von überflüssigen Dingen befreien, von denen es eine Menge gibt. Sie werden einiges Herausfiltern. Einige unnütze Dinge. Seid bereit, ihr Menschen.“

Der zusammengeknüllte Zettel traf genau in die Mitte des halbvollen Papierkorbes, und Ed Harris freute sich über den gelungenen Wurf und anschließend darüber, dass er sich darüber freute.

Das Erscheinen der Außerirdischen hatte eine Menge Spinner auf den Plan gerufen, die Parallelen zu Gott sahen oder zum Defizit in der Haushaltskasse des Staates.

*

Vor etwa zwanzig Stunden war hinter dem Mars ein Raumschiff hervorgekommen, welches jede noch so befremdliche Größenvorstellung der Menschen von einem Flugkörper mühelos übertraf.

Nun befand es sich seit weniger als drei Stunden auf einer stationären Umlaufbahn über dem Planeten Erde.

Der Oberbefehlshaber der Streitkräfte reichte einen Blatt Papier an Stanton weiter und teilte gleichzeitig des Inhalt mit: „Im Norden sammelt sich seit Stunden ein riesiger Schwarm Raumschiffe, die kleiner sind als die, die bisher beobachtet werden konnten. Der gesamte Flugverkehr in diesem Gebiet musste umgeleitet werden. Die Raumschiffe kommen mit absoluter Sicherheit von dem Mutterschiff.“ Er ergänzte: „Weiß der Teufel, was die vorhaben.“

„Sie haben siebzehn Stunden für die Entfernung benötigt. Es ist unfassbar.“ Stanton schüttelte bewundernd den Kopf und drückte den Zettel Wilbury in die Hand.

Dieser sagte: „Es ist eine friedliebende Zivilisation. Auf keinen Fall haben wir etwas zu befürchten. Sie hätten nicht zwei Wochen gewartet, wenn sie die Erde erobern wollten. Sie hätten eine Invasion ohnegleichen begonnen. Uns in Rauch und Asche zusammengeschossen. Uns mit einer ungeheuren Druckwelle plattgewalzt. Tödliche Viren über alle Kontinente geschüttet. Unsere Kernkraftwerke in die Luft gejagt. Unser Wasser verseucht. Unser ...“

„Wilbury!“ Die geröteten Augen des Präsidenten blitzten. „Wilbury? Sind Sie noch klar im Kopf?!“

„Ich ...ich...“, begann Wilbury stotternd seine Verteidigung. Schließlich schob er das Papier in eine Hosentasche und verstummte.

*

Die Schlagzeilen in der Weltpresse waren eindeutig. „Plünderung ohnegleichen!" „Planet ausgeraubt!" „Schlag ins Gesicht der Menschheit!".

Ed Harris legte das Journal auf den bereits vorhandenen Stapel mit anderen Zeitungen, die er in seinem Büro bislang flüchtig durchgeblättert hatte.

Die Parallelen zum Raub der Bilder - und eine andere Bezeichnung der Vorgänge war nicht denkbar - waren unübersehbar. Nur das es eben diesmal keine Gemälde von Picasso oder van Gogh waren.

Die Außerirdischen hatten die Erde mit einer schier endlosen Anzahl an Raumschiffen überflutet und nach jenem für die Menschen unbegreiflichen System einen Großteil der bereits verarbeiteten Gold- und Diamantenvorkommen des Planeten gestohlen, darunter tausende Goldbarren aus Fort Knox..

Niemand, nicht einmal der Präsident, glaubte daran, dass die Fremden die Schätze der Menschheit lediglich vernichtet hatten, obwohl nicht der geringste Beweis für eine Bereicherung vorlag.

Ed Harris drehte einen Bleistift zwischen den Fingern hin und her, als eine Folge merkwürdiger Gedanken von ihm Besitz ergriff und sich aneinander reihten wie eine Perlenkette.

Zuerst hatten die Außerirdischen eines der größten Kulturdenkmäler der Erdgeschichte zerstört, welches gebaut worden zu Ehren eines Gottes.

Er schrieb mit dem Bleistift auf ein Blatt Papier: Vernichtung der Tempel.

Dann hatten sie Bilder gestohlen, deren ideeller Wert überhaupt nicht zu ermessen war. Ed Harris überlegt kurz und notierte: Wegnahme der Götterbilder und Götzen.

Darunter schrieb er: Gold und Diamanten. Reichtümer.

Dann kam der Vermerk: Verseuchte Insel. Epidemie.

Harris las das Geschrieben langsam laut vor. Einmal, zweimal. Plötzlich erschloss sich ihm der Sinn, die Vernunft, nach der sie gesucht hatten. Die Parallele zu einem finsteren Teil der amerikanischen Geschichte, beginnend mit der Landung von Kolumbus, zog sich wie ein roter Faden durch die Handlung der Außerirdischen.

Mit einem Mal erschien ihm auch jene oft wiederholte Botschaft der Fremden in einem anderen Licht: `Wir werden euch belohnen´.

Wenn seine Vermutungen richtig waren, wenn er die verquere Logik der Fremden, ihr ureigenes Verständnis oder was sich auch immer hinter ihren Handlungen verbarg, konsequent weiterdachte, würde die Belohnung nicht ein Patentrezept gegen Krebs sein oder vielleicht der Bauplan für einen kleinen überlichtschnellen Antrieb für Raumschiffe, wie Stanton von der NASA hoffte.

Er griff zum Telefon. Wenn jemand die Koordinaten wusste, dann Wilbury.

*

Vom Rande der Caldera herunter war der Blick grandios gewesen.

Der ganze Ngorongorokrater war voll von ihnen, überschwemmt und völlig ausgefüllt.

Ed Harris war einen Abhang heruntergerutscht und hatte sich dabei einen Teufel um Raubtiere oder Schlangen geschert.

Ihre Größen waren verschieden. Die Kleinste mochte einen Durchmesser von einem Meter besitzen, während einige wenige vielleicht zehn oder zwanzig Meter maßen. Es mussten Millionen sein.

Sie lagen überall verstreut, waren übereinander angeordnet oder unkontrolliert davongerollt, als hätte man sie aus einem gigantischen Sack geschüttet. Er streckte die Hand aus und berührte die nächstliegende Kugel.

Die Oberfläche war fest, glatt und fühlte sich kalt und ein wenig feucht an, was daran liegen mochte, dass es in der Nacht zuvor überraschend geregnet hatte.

Er presste seine Stirn dagegen. Harris der Erwählte.

Ein leises Geräusch ließ ihn herumfahren.

In einiger Entfernung stand, eingehüllt in ein dunkles rotes Tuch und zurückhaltend auf seinen Speer gestützt, ein Krieger der Massai und betrachtete ihn.

Ed Harris lächelte ihn gewinnend an. „Es ist ihre Belohnung an uns, verstehst du? Gegen Gold und Gemälde." Er wies langsam mit dem Daumen hinter sich und lachte leise.

Das Gesicht des Kriegers blieb reglos.

„Ihre Belohnung ist...", kicherte Harris und begann den Abhang emporzuklettern, rutschte weg und arbeitet sich wieder aufwärts, „... ein Tauschgeschäft."

Nach wenigen Metern jedoch wandte er sich zu dem Krieger um, einem stolzen Ureinwohner Afrikas, und rief ihm zu: „Glasperlen! Glasperlen für alle, mein Freund! Nimm dir eine!"

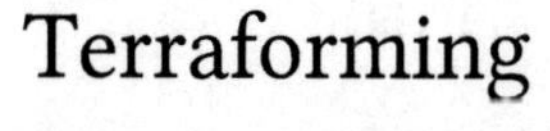

Terraforming

Tausende dunkle Quader, um den Planeten angeordnet wie Kreuzpunkte im unsichtbaren Netz einer gigantischen Spinne, begannen mit einem Schlag aufzuleuchten. Auch wenn es anfangs nicht mehr als ein fahl glimmendes Orange war, erschienen sie doch wie ein riesiger Schwarm seltsamer Irrlichter, wie plötzlich aus dem Nichts aufgetaucht, die gespannt auf ihren Plätzen verharrten.

Die Augen der zwei Männer, die seit geraumer Zeit in Erwartung des Schauspieles bequem in weichen Liegestühlen ruhten, glänzten vor Stolz.

Der größere der beiden hieß Becona, ein breitschultriger Mann, dessen Haut von den verschiedensten Sonnen des Universums gebräunt worden war. Er trug die Ärmel seines schwarzen Hemdes lässig hochgerollt. Becona war einer von denen, die es immer zu warm fanden. Sein grünes, ein wenig schief sitzendes Basecap trug unübersehbar den Namen seines eigenen Reiseunternehmens: `Spacedoor Tours´.

Becona wiegte verträumt den Kopf hin und her. „Was waren das für schöne Zeiten, als man noch zum Baden nach Mariner fliegen konnte", murmelte er still vor sich hin.

Sein Gegenüber verstand ihn dennoch und entgegnete mit einem etwas säuerlichen Lächeln: „Was, bei allen luftdurchlässigen Schraubverbindungen dieser Station, soll man auf einem Planeten der Mariner heißt, wohl auch anderes tun?"

„Das mag sein", lenkte Becona ein und musterte Tasker mit einem unergründlichen Blick.

Tasker war ein blasser Mann unbestimmbaren Alters, mit schmalem Gesicht und aufmerksamen hellen Augen, dem man nie ansah, ob er das dachte, was er sagte.

„Neun Meter Tidenhub und eine sagenhafte Brandung“, fuhr Becona schließlich fort, „perlendes Wasser, zwei erbarmungslos glutvolle Sonnen. Dunkelblaue, feinsandige Strände, soweit man sehen konnte.“ Er grinste: „Dennoch war der Andrang zeitweise so groß, dass die wildesten, sagen wir einmal, Verschmelzungen an der Tagesordnung waren.“

„Die wildesten Verschmelzungen?“, hakte Tasker sofort neugierig nach.

Becona überging die Frage mit einer lässigen Handbewegung: „Die über zehn Kilometer hohen Zwillingsberge Temble und Tiamat auf Lapislazuli II lagen da schon etwas einsamer. Das zwischen den Bergen liegenden Hochplateau eignete sich hervorragend, um zu segeln - wenn man Pech hatte inmitten der grandiosesten Staubstürme, die man sich vorstellen kann.“

„Ich habe davon gehört. Lapislazuli II“, unterbrach ihn der Blasse und lachte kurz auf. „Der besondere Kick für Leute, die schon alles haben.“

„Trösten Sie sich, Temble und Tiamat wurden gründlich plattgemacht, mittlerweile ist Lap II eine langweilige Destination ohne jeden Reiz. Und was das kostspielige Vergnügen angeht: Selbst ein preiswerter Trip nach Gemini Moon ist nicht mehr möglich. Dabei war der Mond wirklich äußerst spektakulär. Die Methanebenen. Die Schlünde auf der Nordseite, wenn ich daran denke ... Der violetter Himmel, besser hätte ihn der gute alte Fausto Pelligrini nicht malen können. Und erst der Meteoritenschwarm: Umlaufzeit eine Woche. Man konnte sehen und hören, wie die Teile in der Atmosphäre zerbarsten!“, schwärmte Becona. „Manchmal ist auch einer davon eingeschlagen.“

Tasker nickte bestätigend: „Ich habe eine Aufzeichnung gesehen, Respekt! Ich dachte, es wären die Vorboten des

Jüngsten Gerichtes, eine Art Einstimmung auf Doomsday. Aber Sie sprachen in der Vergangenheitsform. Was war denn los auf Gemini? Hat er den wöchentlichen Beschuss doch nicht vertragen und ist auseinandergebrochen?"

Becona lächelte nachsichtig. „Vor zwei Jahren wurde Gemini Moon unwiderruflich für den Tourismus gesperrt. Einfach so."

„Gesperrt? Einfach so? Und mit welcher Begründung?", wollte Tasker wissen, während seine hellen Augen sich misstrauisch zusammenzogen.

„Gute Frage. Es war irgendwann eine lapidare Mitteilung auf den Informationsseiten, mit denen wir als Reiseveranstalter von Zeit zu Zeit beglückt werden: Das Gefährdungsrisiko ist angestiegen und nicht mehr vertretbar. Sicherheitshalber wird Gemini Moon von den Linien auch nicht mehr angeflogen. Man hat an alles gedacht."

„So werden Sie zum Überbringer schlechter Botschaft degradiert", bemerkte Tasker süffisant. „Und wo bleibt das öffentlichen Recht auf uneingeschränkte Informationen?"

Becona wandte den Kopf etwas zu Tasker und hob fragend eine Augenbraue. „Daran glauben Sie doch nicht wirklich, oder?" Er berührte eine kleine Taste in seiner Armlehne. „Lassen Sie uns lieber das Recht auf uneingeschränkte Ernährung wahrnehmen", sagte er, „und uns eines der wunderbaren Sahnetörtchen bestellen, von denen Sie unlängst schwärmten."

Während sich Becona und Tasker in stummer Übereinstimmung mit ihren Sahnetörtchen auseinandersetzten, nahmen die Ereignisse im Universum, hunderttausende Kilometer entfernt, weiter ihren von Menschen geplanten und nunmehr unabänderlichen Lauf.
Das anfängliche fahle Glimmen war vor einer Weile schon

in ein kräftiges Glühen übergegangen. Mittlerweile jedoch leuchteten die Quader in einem strahlenden, feurigen Rot, als wären sie kosmische Leuchtfeuer oder Rettungsbojen für verirrte Weltraumfahrer. Plötzlich begannen sich einzelne matt schimmernde Verbindungslinien zwischen den Gebilden abzuzeichnen, liefen dann lichtschnell von Quader zu Quader, kreuzten und überschnitten sich, bis der Planet nach wenigen Minuten eingehüllt war in ein dichtes, silbriges Geflecht.

Dann kam dieser Vorgang zum Stillstand, doch unvermittelt begannen die Quader gleichmäßig zu pulsieren, sie erschienen so nicht mehr als eine Formation Irrlichter, sondern wie hunderte riesige Herzen. Im steten Gleichklang pumpten sie die in ihrem Inneren gespeicherte Sonnenenergie durch ein weltumspannendes Netz aus künstlichen Adern und Venen.

„Gigantisch!", entfuhr es Tasker, dessen Hände sich in die Armlehnen krallten.

„Beeindruckend, in der Tat", antwortete Becona phlegmatisch, als würde dies alles für ihn Routine bedeuten, die ihn unsäglich langweilte. „Auch die Steppen des inneren Planeten Tyhl waren bewundernswert", erzählte er gleichmütig weiter. „Von außen allerdings bot Tyhl nur den Anblick einer großen unwirtlichen Kugel im All. Aber Teile des Planeten waren vor Urzeiten in sich zusammengestürzt und so hatten sich im Inneren riesige Hohlräume gebildet."

Während Tasker aufmerksam die Ereignisse im All verfolgte, zerdrückte er gedankenverloren den Rest seines Sahnetörtchens mit der Gabel. Gleichzeitig sinnierte er erfolglos darüber nach, an welcher Stelle im Universum sich Tyhl wohl befinden mochte.

Becona senkte bedeutungsvoll die Stimme: „Im Laufe von Jahrtausenden bedeckten bläuliche Moose und Gräser und Farne den Boden der Hohlräume. Der ständige Wind, der durch die grandiosen Höhlensysteme zog, ließ die Steppen beständig wogen. In manchen der Höhlen erzeugte die Zugluft ein grausiges Jammern und Schluchzen, als wären die verloren Seelen dieser Welt auf ewig eingesperrt in unauffindbaren finsteren Verliesen."

„Wow! Wie Sie reden können. Das wäre fast einen Preis wert."

Becona lächelte. „Es stand so im Prospekt. Ich war noch nie auf Tyhl. Das ist mir zu weit weg."

„Zu weit weg. Das ist gut. Was soll ich da sagen?" Tasker schüttelte missbilligend den Kopf. „Es ist, als wäre ich auf dieser Station angenagelt."

Wieder lächelte Becona, aber diesmal war es ein mattes Lächeln, und eine Spur Resignation lag in seiner Stimme. „Man hat ihn in sich zusammenfallen lassen, nach der Umsiedlung der ansässigen Gworls in eine Reservation auf Vicond Eclips. Immerhin, man hat sie von dort weggeholt. Eine ausgesprochen humane Geste, denn gegen Vicond Eclips ist Gemini Moon ein wahrer Erholungsort. War da nicht etwas mit dem Tausch von Fegefeuer und Hölle? Es hat sich nichts geändert, wenn es um Minderheiten geht. Jetzt ist Tyhl ein toter fliegender Gesteinsbrocken ohne jedes Leben, eine verlorene Seele mehr im All."

Tasker sah eine Weile schweigend zu Becona hinüber, bevor er fragte: „Was ist mit Ihrem sonnigen Gemüt? So kenne ich Sie gar nicht. Wir treffen uns nur aller zwei Jahre, und was muss ich hören?" Dann lenkte er ein und deutete mit einer weiten Geste nach draußen: „Die Dinge sind wie sie sind. Manche nennen das Geschichte, andere Irrsinn. Es gibt hunderte bewohnte Planeten, das wissen

Sie besser als ich. Und es ist doch nicht so, dass die Bevölkerung - obwohl es speziell um die Gworls wohl nicht besonders schade wäre - dabei umkommt. Also was soll's?" Er trommelte ungeduldig mit den Fingern auf die Armlehne. „Früher nannte man das `Globales Interesse´. Heute fassen wir den Begriff etwas größer. Mehr nicht."

„Ja, im Interesse aller. Die Sauberkeit und Sicherheit des Universums hat oberste Priorität. Ich kenne die Sprüche, ich verwende sie gegenüber meinen Kunden." In einem spöttischen Tonfall sang er leise und unmelodisch: „Reisen sie nach Sarnobar; Sarnobar, so wunderbar."

„Wieso gerade Sarnobar?", wunderte sich Tasker, die Augen nicht von dem Schauspiel vor ihnen abwendend, wo mit jedem Pulsieren aus dem Inneren der Quader lohende Bänder aus Energie geschleudert wurden. Diese liefen entlang der stählernen Fäden des silbrigen Netzes, bis sie sich zu einer einzigen wogenden feurigen Wand verbanden, die allmählich den Planeten überdeckte.

„Waren Sie schon einmal dort?", war daraufhin Beconas Gegenfrage.

„Sarnobar? Nein. Das wäre mir zu öde. Denn ich habe noch nie gehört, dass man dort irgendetwas unternehmen könnte, was über die Benutzung eines Hotelpools, der Spielautomaten oder der weiblichen und männlichen Androiden hinausgeht."

Becona beugte sich verschwörerisch ein wenig zu seinem Bekannten hinüber.

„Ich sage ihnen etwas, mein lieber Task. Sarnobar ist in meinen Augen der mit Abstand langweiligste Kleinplanet im Universum. Weder Methanebenen noch Berge. Keine vorbeiziehenden Meteoritenschwärme, keine perlenden Meere. Nicht einmal ein ordinärer Staubsturm. Nichts, absolut nichts. Sarnobar ist clean. Clean und voller Gesetze, damit das so bleibt." Er deutete auf das zerquetschte Sahnetörtchen auf dem Teller von Tasker. „Selbst so etwas ist wahrscheinlich nicht zugelassen."

Tasker grinste. „Ja, wo kämen wir auch sonst hin? Anarchie. Chaos. Bürgerkriege. Kleine Dinge, große Wirkung. Man kennt das ja."

Becona wurde ernst. „Wussten Sie, dass Sarnobar und der Gartenplanet, obwohl letzterer dreimal größer ist, jahrelang per Gesetz die gleiche Menge an Fördermitteln erhielten?"

„Vielleicht geht es nicht nur nach der Größe?", brummte Tasker rebellisch und kratzte sich am rechten Ohr. „Aber eigentlich kenne ich mich damit nicht aus", räumte er schließlich ein.

„Da geht es Ihnen wie vielen anderen." Becona setzte sich etwas auf, um seinen Worten mehr Gewicht zu verleihen. „Einen Monat nach dem schweren Fusionsunglück auf dem Gartenplaneten", fuhr er dann fort, „erhielt Sarnobar die doppelte Menge an Fördergeldern. Das war vor zwei Jahren. Bis heute hat sich daran nichts geändert." Er schnipste leicht mit den Fingern. „Merkwürdig, was?"

Tasker breitete fragend die Hände auseinander. „Ich weiß nicht recht. Wie ich hörte, war nach dem Fusionsunglück der Gartenplanet nicht mehr betretbar. Wozu also noch Fördergelder verschwenden?"

Becona nickte. „Ganz recht, mein lieber Task, wozu noch Fördergelder verschwenden? Auf dem Dampfplaneten Pontifex mit seinen erstklassigen Thermen und Bädern waren es Tiefenbohrungen, die dem Planeten zum Ruin gereichten. Der komplizierte Schichtenaufbau war für die Spezialisten nicht zu erkennen, was für eine Tragödie! Der Steinerne Wald auf Pal, ein einzigartiges Naturdenkmal, fiel einer - vollkommen unnötigen - globalen Struktur-

und Vibrationsanalyse zum Opfer."

„Ich bin nur für die Sauerstoff- und Gefrieranlagen zuständig, nicht für den Weltfrieden", unterbrach ihn Tasker etwas mürrisch.

„Ich weiß, ich weiß, ich jammere. Aber was soll ich Ihnen sagen? Als freier Unternehmer, gerade in der Tourismusbranche, muss ich auf derartige Veränderungen reagieren. Es wird mir immer schwieriger, exklusive Reisen anzubieten. Ich ändere Routen, die jahrelang Bestand hatten. So etwas trägt nicht besonders zur sonstigen Unbekümmertheit der Kunden bei. Da macht man sich so seine Gedanken ..." Er rollte die Ärmel seines Hemdes herunter und sah eine Weile betrübt auf seine großen Füße, bevor er sich näher zu Tasker wandte. Dann sprach er mit gedämpfter Stimme weiter: „Achtzehn Planeten in sieben Jahren, Task. Achtzehn Stück!"

Der Angesprochene verschränkte die Arme über der Brust und sah Becona erwartungsvoll an. Unterdessen tauchten die ersten Ausläufer der feurigen Wand in die Atmosphäre des Himmelskörpers ein, vermischten sich unheilvoll mit der Wolkendecke, so dass ein gewaltiger, wirbelnder Sud aus ineinanderlaufenden roten und weißen Farben entstand.

„Sprachen wir nicht vor ein paar Minuten von Tyhl und Mariner?", fragte Becona. „Nach einer fünf Jahre zurückliegenden Recherche wurde Tyhl eingestuft in die höchstmöglichste Gefährdungsklasse. Aber es heißt, die alten Besiedlungsprotokolle, die seltsamerweise nicht auffindbar sind, würden Tyhl als außerordentlich stabil klassifizieren, denn die letzten Einstürze waren immerhin vor einer halben Million Jahre! Bei Mariner war es eine Achsverschiebung - zu Forschungszwecken selbstverständlich. Die Folge waren riesige Schlammlawinen und unberechenbare

Springfluten, die die Badefreuden ein wenig getrübt haben.“

Becona schlug voller Unmut mit der flachen Hand auf eine Armlehne, woraufhin einige integrierte Lämpchen plötzlich nervös und empört zu blinken begannen.

„Die Liste ließe sich beliebig verlängern. Ein missglücktes militärisches Manöver auf Natmos im Kiza-System führte zur totalen Einäscherung der filigranen Bauwerke der längst untergegangenen Vonyana-Zivilisation. Ein steuerloser Frachter der M-Klasse zerstörte die von Furnius Beckham entdeckte natürliche Schwerkraftspalte auf Lelkos-Nufra. Nur um das in das richtige Licht zu rücken: die für eine natürliche Schwerkraftspalte notwendige konzentrierte Ansammlung negativer Materie entsteht nach der Wahrscheinlichkeitsrechnung aller zwei Milliarden Jahre beziehungsweise ist ein Relikt vom Urknall. Allerdings irgendwo im Universum, welches bekanntermaßen recht unübersichtlich ist. Die Chance zur Forschung werden wir also nicht noch einmal bekommen.“ Becona ließ eine kleine Pause, um die Bedeutung seiner Worte zu erhöhen. „Achtzehn Planeten in sieben Jahren. Und nicht ein einziges Mal durch natürliche Ursachen bedingt.“

Tasker schüttelte zweifelnd den Kopf. „Wollen Sie mir einreden, jemand schafft sich eine neue Weltordnung, indem er vorsätzlich Planeten ins Chaos stürzt? Ist das nicht ein bisschen dick aufgetragen?“

„So habe ich das nie gesagt, mein lieber Task“, wehrte Becona entschieden ab. „Selbstverständlich kann es eine Häufung von Zufällen sein. Aber es bleiben eine Menge offene Fragen: Wer hat überhaupt das Militärmanöver auf Natmos genehmigt und wie kam es wirklich zu dem Unglück? Wo sind die Besiedlungsprotokolle der Gworls?

Wer hat die Achsverschiebung von Mariner, die Struktur-
analyse auf Pal angeordnet und wieso wurden mögliche
Auswirkungen nicht überprüft? Seit wann gibt es wieder
steuerlose Frachter, die Anfänge der Raumfahrt liegen
schließlich eine Weile zurück!" Becona lehnt sich heftig
zurück, froh darüber, sich Luft gemacht zu haben.

Einige der Besucher sahen kurz erstaunt zu ihm herüber,
bevor sie sich wieder dem Inferno im All widmeten. Und
es war, als würde der Planet in diesem untergehen. Die
Wolkendecke war gänzlich verschwunden, war gleichsam
millionenfach zerfetzt worden von glühenden machtvollen
Blitzen, die über den Meeren und Kontinenten zuckten wie
vor Millionen Jahren, als die Schöpfung begann, Leben zu
gebären.

Tasker Augen leuchteten bewundernd. „Das hat sicherlich seine Richtigkeit, so wie Sie es sagen. Aber dennoch
muss ich zugeben, dass mir der große Zusammenhang
bislang verborgen bleibt."

Becona lächelte müde. „Der Zusammenhang ist der,
mein lieber Task, dass alle achtzehn Planeten aus dem
einen oder anderen Grund nach den Unglücken nicht
mehr in die Kategorie `touristisch erschlossen´ fielen."

„Und wo ist die Pointe?", fragte Tasker argwöhnisch,
immer noch nach draußen sehend.

„Das wäre zu einfach", war Beconas Antwort. „Im Fall
von Sarnobar könnte man sagen, es ging vielleicht um die
Umschichtung von Fördermitteln. Ein anderer Punkt dürfte jedoch sein, dass Planeten, die nicht mehr in diese Kategorie fallen, automatisch für eine Urbanisierung freigegeben werden."

„Das versteh ich nicht. Ich denke, die Planeten waren
bereits touristisch erschlossen? Das bedeutet doch wohl

notwendigerweise, sie waren schon einmal urbanisiert. Oder sehe ich das falsch? Wieso bei allen luftdurchlässigen Schrauben ...?"

„Seltsame Sache, nicht wahr?", fiel ihm Becona genüsslich ins Wort. „Aber es kommt noch besser." Er presste die Hände zusammen und stützte nachdenklich sein Kinn damit ab, bevor er sich schließlich wieder an Tasker wandte. „Sagt Ihnen der Begriff OEP etwas?"

„Ob mir der Begriff OEP etwas sagt?" Tasker schob ein wenig die Unterlippe vor. „Ich müsste raten. Das würde mir sicherlich Spaß machen, aber wahrscheinlich zu nichts führen."

„OEP ist eine Art Code", eröffnete ihm Becona freundlich, „und steht für eine der Öffentlichkeit nicht zugängliche Ansammlung von Listen, die von jedem touristisch erschlossenem Planeten existieren. In den Listen sind tausende trigonometrische Punkte der Landoberfläche erfasst. Es finden sich darin Angaben über die vorherrschenden Klimaverhältnisse, über Luft- und Meeresströmungen. Auch das Vorkommen von Bodenschätzen, Trinkwasserreservoirs und besonders fruchtbaren Zonen ist genauestens registriert. Vulkanische Aktivitäten, Erdbebenzonen, strukturelle Integrität, einfach alles.

„Sozusagen eine komplexe Analyse eines Planeten."

„Mehr noch. Mit Hilfe dieser Analyse können Wechselbeziehungen durchgespielt werden. Es kann für alle möglichen Varianten einer Neubesiedlung ein Optimum errechnet werden."

„So wie Sie es sagen, klingt es wie eine Grabrede. Was ist schlecht daran, wenn man beispielsweise Handelswege verbessern kann? Man vermeidet einfach die Dinge, die sich früher als Blödsinn herausgestellt haben." Tasker wippte zufrieden mit den Füßen auf und ab, während er auf eine Antwort von Becona wartete.

„Sie sind ein harter uneinsichtiger Brocken, Task. Früher waren Sie schneller im Denken. Wenn ich es nicht besser wüsste würde ich sagen, Sie sind von der Regierung.“

„Vielleicht schlägt mir allmählich der Anblick der Kühlkammern auf das Gehirn. Versuchen Sie es durch die Hintertür.“

„Sei es drum“, stimmte ihm Becona zu und überlegte einige Sekunden. „Was fällt Ihnen zu Terraforming ein?“

Tasker deutete lässig mit dem Daumen nach draußen: „*Das* Terraforming?“

Becona nickte kaum merklich mit dem Kopf.

„Mit Terraforming werden für gewöhnlich nicht erschlossene Planeten in ein möglichst erdähnliches Äquivalent umgewandelt. Realisierbar in einem durchschnittlichen Zeitraum von zwei Jahren“, dozierte Tasker selbstbewusst, bevor ihm Beconas arglistiges Lächeln auffiel. „Aber das wollten Sie gar nicht wissen, oder?“

„Haben Sie schon gewusst“, ignorierte Becona Taskers Frage, „dass ein Gesetz der Union existiert, welches die Annahme eines Kredites bei der geplanten Durchführung von Terraforming zwingend und unausweichlich vorschreibt, damit die Absicherung der Finanzen jederzeit gewährleistet ist? Und ist Ihnen bekannt, dass als Zins für den Kredit Festlandanteile des Planeten fällig werden, die frei platziert werden können?“

Erneut wurden Taskers helle Augen schmal und er setzte zu einer Erwiderung an, als das kosmische Inferno, das scheinbar seinen Höhepunkt überschritten hatte, zum Erliegen kam. Der Gewittersturm wurde nach und nach von mächtigen Speicheradaptern auf der Oberfläche des Planeten aufgesaugt, verblasste und verlor sich in einer tristen nebligen Hülle, die die geschundenen Kontinente und Meere den Blicken der Menschen entzog. Die feurigen Quader erloschen, wurden dunkler und verschmolzen schließlich wieder mit der Schwärze des Universums, während das ehemals silbrige Geflecht zwischen ihnen restlos von der Glut zerstört worden war.

Tasker war einer der Ersten, die das andächtige Schweigen brach: „Saubere Arbeit, das muss ich anerkennen. Exakt wie es im Programm steht. Wahrscheinlich auch kein Deut Energie mehr als geplant, würde ich wetten. Was sagen Sie dazu, mein lieber Becona?"

„Sicherlich war es saubere Arbeit. Dafür sind wir Menschen ja bekannt. Aber ich werde wohl einige Nächte schlecht schlafen."

„Sie erstaunen mich." Tasker hüstelte ein wenig geziert. „Sie erstaunen mich wirklich. Ein weitgereister und gebildeter Mann wie Sie, und solche ... Sentimentalitäten?"

„Um ehrlich zu sein, ich habe bis zur letzten Minute gehofft, dass die Regierung es sich anders überlegt."

Tasker war verblüfft. „Ich bitte Sie, ich weiß aus sicherer Quelle, dass der Planet aus dem Register der touristisch erschlossenen Planeten gestrichen worden ist. Das haben Sie doch sicherlich auch gewusst, oder? Und Sie waren *nicht* dafür? Terraforming war die einzige vernünftige Lösung."

„Ja. Natürlich weiß ich, dass er herausgestrichen wurde. Haben Sie mir nicht zugehört? Das ist es ja gerade, was mir einen schalen Geschmack auf der Zunge verursacht: Terraforming *für die Erde*. Finden Sie das nicht irgendwo ... makaber?"

Der Angesprochene schüttelte den Kopf. „Sie überraschen mich, Becona. Was wollen Sie noch? Vor Ihnen liegt eine neue Erde. Ein jungfräulicher Planet, der in vierundzwanzig Monaten betretbar sein wird. Was denken Sie, welcher Andrang herrscht, wenn die Besiedlung anläuft, wenn die vierhundert Millionen Menschen der ersten Rate erweckt werden und zurückkehren? Ich sehe schon die Fahnen im Wind wehen, an einer wunderschönen, clever gewählten Stelle: `Taskers Landentwicklungsservice´. Oder `Taskers Neue Welt´. In Gründerzeiten kann man alles verkaufen, glauben Sie mir! Da unten wartet ein ungeheures Potential darauf, ausgeschöpft zu werden!"

Becona verschränkte abwehrend die Arme vor der Brust. „Trotzdem, es ist nicht die alte Erde. Es ist ... fast wie ein anderer Planet. Ein fremder Himmelskörper."

Tasker schüttelte den Kopf und polterte: „Die alte Erde, die alte Erde ... Becona, wachen Sie auf, das ist doch die Chance! Wir werden aus den Fehlern lernen, wir werden eine grüne Erde schaffen, oder haben Sie sich früher *wohl* gefühlt? Keine verseuchten Flüsse mehr, keine vergiftete Luft. Zum Teufel mit der überholten Kernspaltung und der chemischen Landwirtschaft. Die Menschheit wird neue Wege gehen!"

„Der Zins für die Bewilligung dieses Terraformingkredites, also die Festlandfläche, die jetzt dem Kreditgeber gehört, umfasst ungefähr ein Gebiet von der Größe des ehemaligen Kanadas", sagte Becona, als hätte er Tasker gar nicht zugehört. „Frei platzierbar, wohlgemerkt."

Tasker hob die Hände. „Ja, bitte, von mir aus. Kein zu hoher Preis für eine neue Erde. Scheiß auf Kanada."

„Sie verstehen immer noch nicht, Task. Von den achtzehn Planeten, über die wir vorhin sprachen, sind mittlerweile vierzehn zum Terraforming freigegeben. Sechs davon haben es schon hinter sich. Haben Sie noch nie darüber nachgedacht, warum die Urbanisierung dieser achtzehn Planeten *immer* über Terraforming realisiert wurde?

Warum wurde nicht die Duplizitätsmethode angewandt, die wesentlich exakter ist? Weshalb hat man nicht den sogenannten Seidenen Weg gewählt oder auf das Yang-Prinzip zurückgegriffen, das zwar fünfundzwanzig Jahre dauert, aber nur halb so teuer ist? Terraforming ist nicht die einzige vernünftige Lösung, es ist die *schnellste* Lösung."

Tasker sah, als könnte er die Wahrheit über tausende Kilometer hinweg erkennen, prüfend nach der Erde. Schließlich gestand er: „Irgendetwas fehlt. Ich kann es drehen wie ich will, es ergibt keinen Sinn."

„Oh, natürlich kann ich Ihnen sagen, was fehlt: Es sind die Beweise. Bislang sind es nur Behauptungen, dass Dokumente existieren, in denen fein säuberlich die Katastrophen der letzten sieben Jahre aufgelistet sind. Die Crux: Das Datum der Eintragungen soll jeweils *vor* den Ereignissen liegen." Becona nahm sein Basecap ab und wischte verstohlen seine Hände daran ab. „Selbstverständlich kann man jede Planetenbevölkerung damit locken, dass sie in zwei Jahren wieder auf ihrer schönen neuen Scholle herumspazieren kann. Was machen da schon ein paar Quadratkilometer Land, die einem nicht mehr gehören? Es ist auch noch nicht nachgewiesen, dass die jeweils frei platzierten Festlandanteilen tatsächlich mit den günstigsten Standorten dieser Planeten - die man sich ohne weiteres aus den OEP-Listen hochrechnen kann - übereinstimmen. Ja, wir reden bei 114 bewohnten Planten nur von achtzehn Stück, die verlorengegangen sind. Aber auch bei der Erde kann Ihnen niemand genau sagen, ob die Katastrophen und Ereignisse, die dazu geführt haben, dass dieser Plantet aus der Kategorie der touristisch erschlossenen Planeten gestrichen wurde, nicht langfristig gesteuert waren. Task, die Erde war tausende Jahre eine *Heimat*!"

Becona ließ eine kleine Pause, in der er sich erhob und an die durchscheinende Front trat, die ihm vom Universum trennte. Dann sah er sich nach Tasker um und lächelte bitter: „Ich, mein lieber Task, ich für meinen Teil glaube nicht, dass Ihre Fahnen an einer wunderschönen und clever gewählten Stelle wehen werden: Weil diese nämlich alle schon weg sein werden, wenn Sie Ihren Fuß das erste Mal wieder auf die Erde setzen."

Tasker senkte den Kopf, während er sein Kinn massierte. „Verstehe ich das richtig: wer den Kredit vergibt, besitzt in Zukunft die Filetstücke?"

„Und sitzt in zwei Jahren an allen Hebeln, die nur möglich sind. Das wird der Würgegriff schlechthin. In spätestens vier oder fünf Jahren tanzen neun Milliarden Zweibeiner auf der Erde nach der Pfeife eines einzelnen Unternehmens. Das wird ein Riesenspaß."

„Es ist nicht zu fassen", sagte Tasker bestürzt. „Die Kontrolle über achtzehn Planeten - noch viel lukrativere Geschäfte dürfte es vermutlich nicht geben. Die Erde wahrscheinlich schon ausverkauft. Und sieben Jahre lang kommt niemand dahinter." Er wandte den Kopf zu Becona. „Das ist wirklich schwer zu glauben."

„Finden Sie sich mit der Realität ab, auch wenn es Ihre Weltanschauung untergräbt."

„Einundzwanzig Milliarden mehr oder weniger intelligenten Zweibeiner auf über einhundert Planeten, und niemand hat bis zum heutigen Tag irgendwelche Zweifel?", blieb Tasker hartnäckig.

„Die Zahl verringert sich gewaltig, wenn Sie ein paar Dinge näher beleuchten", warf Becona ein. „Wer zum Beispiel weiß, dass jene Listen überhaupt existieren und kennt gleichzeitig die genauen Vergabemodalitäten für Terraforming? Achtzehn merkwürdige Zufälle - wer hat sich je mit den Hintergründen beschäftigt? Und das vielleicht Wichtigste: Wer kombiniert all diese Dinge und stellt die richtigen Fragen? Ich sitze an der Quelle, ich stelle die richtigen Fragen, bin ausreichend misstrauisch, verfüge über hervorragende Kontakte. Aber eben nur ich. So wie ich es sehe haben sich achtzig Prozent der Menschen vor jeglicher Verantwortung gedrückt, sei es der Wiederaufbau auf der Erde oder das tägliche Pensum auf den Stationen. Sie liegen im Tiefschlaf wie eingefrorene Halbgötter. Fünfzehn Prozent nehmen ein Sonderangebot nach Sarnobar oder den Luxusplaneten Tiffany, die großzügig mit Fördermitteln unterstützt werden. Von wem wohl erhält das Zentralmanagement die Fördermittel? Es kommt immer auf die richtige Kombination an. Und die restlichen fünf Prozent sind Trottel wie wir, die die Stellung halten in der irrigen Hoffnung, ein vernünftiges Stück vom Kuchen abzubekommen."

Tasker war neben Becona getreten und gemeinsam sahen sie auf den Planeten, der vor nicht allzu langer Zeit auch ihre Heimat gewesen war.

„Ich habe es Ihnen erzählt, ich habe eine Dutzend weiterer Freunde eingeweiht. Aber ich sage Ihnen, Task, es ist nutzlos. Man könnte es auf jeden Gefrierbehälter dieser Basis schreiben: niemand glaubt so eine unwahrscheinliche Geschichte. Wie auch, mein lieber Task, wenn sogar Sie an meinen Worten zweifeln?"

Tasker schwieg nachdenklich, als eine Erinnerung plötzlich von ihm Besitz ergriff: vor kurzen erst hatte er von einer gigantischen Eisschmelze unter der Planetenoberfläche des Mars gehört, über deren Entstehung die widersprüchlichsten Gerüchte im Umlauf waren. Niemand wagte zum jetzigen Zeitpunkt abzuschätzen, wann sie die

Landmassen der seit langem bewohnten Gebiete erreichen würde, die Städte mit ihren fünfzigdreißig Millionen Einwohnern. Niemand wusste, welche Folgen vielleicht damit verbunden wären.

Sein Blick wanderte hinaus in den Weltraum, auf der törichten Suche nach jenem kleinen rötlichen Punkt, der seit Milliarden von Jahren friedlich seine Bahn durch das Weltall zog. „Ich frage mich", flüsterte Tasker vor sich, „ich frage mich ..."

Lagebericht

„Matt Bloomingdale, Tag 1, Lagebericht 1. Das orbitale Absetzen gestern Nacht hat hervorragend funktioniert, bin problemlos auf Labrador Unix gelandet und danach sofort in Schlafisolation gegangen. Nach meiner Uhr ist jetzt acht Uhr früh. Meine Pulsfrequenz ist normal, alle anderen Körperwerte liegen ebenfalls im gesunden Bereich. Atmosphärenzusammensetzung wie bekannt, Windgeschwindigkeit gering. Temperatur siebzehn Grad Celsius. Keine Vorfälle. Breche jetzt auf. Grüße an Sarah und Jim. Melde mich wieder in sechs Stunden, also vierzehn Uhr Ortszeit. Matt Bloomingdale. Ende.“

„Matt Bloomingdale, Tag 1, Lagebericht 2. Hallo. Es ist vierzehn Uhr Labradorzeit. Es ist wärmer geworden, die Temperatur beträgt zweiundzwanzig Grad, es ist fast windstill. Meiner Körperwerte sind normal. Ich bin 7,66 Kilometer vorangekommen, erwartungsgemäß läuft es sich schwierig in diesem Sand. Ansonsten ist nichts geschehen. Würde mich gern mit jemanden von den Jungs unterhalten, aber Vorschrift ist Vorschrift, oder? Erwarte euren Rückruf, eine erste Auswertung und weitere Anweisungen zwanzig Uhr. Matt Bloomingdale. Ende.“

„Matt Bloomingdale, Tag 1, Lagebericht 3. Es ist einundzwanzig Uhr Labradorzeit. Ich warte seit einer Stunde auf euren Anruf. Hier ist alles normal, keine Beduinen oder Kamele in Sicht. Falls ihr wisst, was Beduinen und Kamele sind. Körperwerte hervorragend im grünen Bereich. Gehe in einer halben Stunde in Schlafisolation. War ein langer Tag ohne Ereignisse. Matt Bloomingdale. Ende.“

„Matt Bloomingdale, Tag 2, Lagebericht 4. Es ist wieder acht Uhr früh auf Labrador Unix. Warum habe ich keine

Nachricht? Schlaft ihr noch? Die Nacht verlief hier ohne Zwischenfälle. Meine Körperwerte sind in Ordnung. Melde mich wie gewohnt vierzehn Uhr wieder. Ein herzliches Dankeschön an die Raumfahrtbehörde und ihre Technik. Matt Bloomingdale. Ende."

„Tag 2. Es ist vierzehn Uhr. Matt Bloomingdale meldet sich zu Wort. Temperatur dreiundzwanzig Grad. Windstille. Puls normal. Körperwerte normal. Gemütsverfassung eher gedrückt. Keine Vorfälle. Falls bis zwanzig Uhr keine anderslautende Information von euch eingegangen ist, werde ich mich morgen früh auf den Weg zum Modul machen. Matt Bloomingdale. Ende."

„Matt Bloomingdale, Tag 2, Lagebericht 6. Es ist zwanzig Uhr Labradorunixzeit. Von euch keine Mitteilung. Immer noch Windstille. vierzehn Grad. Habe ein paar kleine Käfer gesehen, die sich jedoch schnell in den Sand eingegraben haben, als ich einen davon aufheben wollte. Wie bereits gesagt gehe ich morgen früh in Richtung Basismodul. Sagt Sarah, an der Feier ändert sich nichts. Matt Bloomingdale. Ende."

„Matt Bloomingdale, Tag 3, Lagebericht 7. Bin seit einer Stunde unterwegs zur Basis, das bedeutet, es ist neun Uhr hier auf Labrador Unix. Es ist über Nacht windig geworden. Könnte das mit den Käfern zusammenhängen? Okay, das war ein Scherz. Falls ihr ein Problem mit der Verbindung zum mir habt und mich trotzdem hört, könnt ihr mir auch ein optisches Zeichen gegen. Lasst euch etwas einfallen, immerhin fliegt ihr zwei Mal am Tag mit dem Raumschiff genau über meinen Kopf hinweg. Es wäre schön, endlich wieder mit jemanden reden, zur Not tut es auch

Stanley. Noch ein Scherz. Matt Bloomingdale. Ende."

„Matt Bloomingdale, Tag 3, neuer Lagebericht von vierzehn Uhr. Es ist warm und windig. Körperwerte normal. Puls beschleunigt. Es muss doch möglich sein, ein klitzekleines Signal zu senden! Wollt ihr, dass ich euch verklage? Von wegen: `Sprechen sie über ihre Eindrücke während ihrer Mission und über ihre Erinnerungen.´ Okay, könnt ihr haben: ich erinnere mich, wie die Gurke auf Nimox angekommen ist. Die halbe Station hat gelacht, weil er seinen Konverter verkehrt herum eingesetzt hat. Oder wollt ihr die Geschichte von Leutnant Springer und der intelligenten Algenkolonie hören? Die Raumfahrtbehörde kann stolz auf ihre Offiziere sein. Einfaches Fußvolk wie mich kann man ruhig im Sand sitzen lassen. Bloomingdale und Ende."

„Matt Bloomingdale, Tag 3, Lagebericht 9. Vierzehn Uhr und elf Minuten auf Labrador Unix. Temperatur sechsundzwanzig Grad. Windig. Habe eine Reihe regelmäßiger runder Abdrücke im Sand gefunden. Sie fangen plötzlich an und hören ebenso überraschend auf. Die Abdrücke sind zehn Zentimeter im Durchmesser und versetzt angeordnet, fast wie Fußspuren. Herkunft und Entstehung unbekannt. Der Wind weht sie allmählich zu. Sie können daher noch nicht sehr alt sein. Matt Bloomingdale. Ende."

„Matt Bloomingdale, Tag 3, Lagebericht 10. Zwanzig Uhr. Habe die Abdrücke nicht noch einmal gesehen. Ich bin auf Labrador Unix mittlerweile neunundfünfzig Kilometer gelaufen und etwas erschöpft. Bin daher sehr froh, mich dann in die Schlafisolation begeben zu können. Ansonsten keine weiteren Vorfälle oder Ereignisse oder was auch immer. Matt Bloomingdale. Ende."

„Matt Bloomingdale, Tag 3, Lagebericht 11. Zwanzig Uhr und elf Minuten. Wenn ihr noch ein paar Erinnerungen wollt, bitte. Ich sehe den Schulungsraum auf Nimox noch vor mir, als wir von dieser Mission erfahren haben. Der Raum ist braun gestrichen. Braune Farbe als Beweis der psychologischen Feinfühligkeit der Raumfahrtbehörde. Die Klimaanlage der Station war defekt und es roch nach schwitzenden Körpern oder nach Deo, was irgendwie auf dasselbe herauslief, da es mindestens genauso unangenehm war. Ohne erkennbares System im Raum verteilt standen schwarze Sitzwürfel ohne Rückenstützen und Armlehnen. Wir konnten uns nicht anlehnen oder entspannen - noch ein psychologisches Plus. Aber schließlich waren wir Freiwillige. Freiwilliges Fußvolk im Dienste der Menschheit. Zehn ausgesprochen harte, unglaublich intelligente Kerle mit dicken Bäuchen, die seit einem halben Jahr auf irgendeinen Einsatz warteten und aus Langeweile kontinuierlich die Bestände leerfraßen. Leutnant Delurge, den wir offiziell die Gurke nennen, hielt uns in seiner gewohnt einnehmenden Art einen sehr informativen Vortrag über den Zweck unserer kommenden Mission. Die Gurke roch überdurchschnittlich nach Deo. Warum ruft ihr nicht zurück, Leute? Was ist passiert? Matt Bloomingdale, Ende."

„Bloomingdale, Tag 4, Lagebericht 12. Acht Uhr. Noch siebenundzwanzig Kilometer bis zu Modul. Mit etwas Glück werde also heute Abend wieder in einem normalen Bett schlafen, ansonsten morgen. Bin gespannt auf eure Erklärung. Ende."

„Matt Bloomingdale, Tag 4, Lagebericht 13. Zehn Uhr und zehn Minuten. Habe wieder einen Käfer gesehen. Farbe schwarz, von der Größe meines Daumennagels. Ich habe ihn aufgehoben. Der kleine Mistkerl hat mich in die rechte Hand gezwickt. Daraufhin habe ich ihn fallengelassen, er hat sich umgehend im Sand eingegraben und weg war er. Ende."

„Matt Bloomingdale, Tag 4, Lagebericht 14, glaube ich. Fünfzehn Uhr und einunddreißig Minuten. Ich weiß, ich habe vergessen, mich vierzehn Uhr zu melden. Aber ehrlich, wollt ihr mich deswegen am Arsch kriegen? Wollte eigentlich nur sagen, Erinnerungen sind etwas Feines. Eine Woche nach dem Vortrag saßen wir im Raumschiff, prüften unsere Ausrüstung und rechneten uns die bestehenden Chancen aus. Es galt, einen marsähnlichen Kleinplaneten zu observieren. Diesen hier, Labrador Unix. Eigentlich ein Kinderspiel, aber der Raumfahrtbehörde wollte letztlich nicht denselben Fehler wie auf Spex 2 machen, und entsann sich plötzlich wieder der alten Formel, dass Menschen durch Maschinen nicht zu ersetzten wären. Und das habe ich nun davon, habe mich freiwillig auf einem Sandplaneten aussetzen lassen. Die Gurke hat, eben so wenig wie die Raumfahrtbehörde oder sonst jemand, qualifiziert über mögliche Probleme gesprochen. Von Leutnant Patermann wissen wir, dass Schwierigkeiten von der einheimischen Flora und Fauna nicht zu erwarten sind, weil es nach menschlichen Erkenntnissen hier keine gibt. Bis auf ein einige kleine schwarze Käfer natürlich die sich verstecken und jemanden, der runde Fußspuren hinterlässt. Im Prinzip sollen wir nur herumzulaufen und warten ob etwas geschieht, was nicht im Rahmen des zu Erwartenden ist. So trivial war unsere Mission selbstverständlich nicht formuliert, aber das trifft es doch, oder? Euer Matt Bloomingdale."

„Matt Bloomingdale, Tag 4, vermutlich Lagebericht 15. Zwanzig Uhr. Keine Nachricht von euch, prima Zusammenarbeit. Bin doch mehr erschöpft als ich annehmen konnte, habe es deshalb auch nicht bis zum Modul geschafft. Werde mich auf die Schlafisolation vorbereiten. Die Einsamkeit schlägt ziemlich auf das Gemüt. Es ist immer noch windig. Musste zwischendurch eine Pause machen, hatte ein leichtes Flimmern vor den Augen und plötzlich einen wahnsinnig ekligen Geschmack im Mund. Bloomingdale. Ende."

„Neuer Tag, neuer Lagebericht. Früh, gegen neun Uhr. Keine gute Nacht gewesen, aber wen interessiert das schon? Meine Schritte werden schwer und langsam. Bedeutet schwer nicht immer gleich langsam? Natürlich nicht, wenn man über genug Kraft verfügt. Wie spät ist es jetzt wohl auf Nimox? Ich habe geträumt, ich hätte geweint und meine Tränen gegen den Durst getrunken. Wie lächerlich. Träume ... Ich habe auch geträumt, ich wäre ein wandelndes, halb irrsinniges Skelett, das mit sich selbst redet und Antworten bekommt. Bin sehr erschrocken darüber. Vielleicht sollte ich mir meine Tränen für irgendeinen Anlass aufheben, aber es ist nicht sicher, ob ich dann noch weinen kann, oder ob ich den Anlass nicht mehr erlebe. Überhaupt Glückwünsche, dass du so weit gekommen bist. So weit, so gut ... Ruft doch mal zurück, wenn ihr Zeit habt. Bloomingdale und aus."

„Hier ist Matt. Könnte der fünfte Tag seit meiner Ankunft sein. Nach dem Sonnenstand ist es jetzt um die Mittags-

zeit. Vorhin hörte ich das Murmeln eines Baches, irgendwo. Habe ihn nicht gefunden. Übrigens ist meine Uhr ist
stehengeblieben. Das ist technisch nicht möglich, denn sie
funktioniert mit Biosensoren, abgestimmt auf meinen
Körper. Ich fühle meine rechte Hand nicht mehr, aber ich
glaube, dies haben Skelette so an sich. Irgendetwas stimmt
nicht, ich weiß. Noch kann ich sehen, dass ich mich bewe-
ge, doch die Augen fallen mir ständig zu und das Salz der
Tränen brennt. Mein Pulsschlag? Keine Ahnung, die An-
zeige spinnt ebenfalls. Warm ist es. Trotz des ständigen
Windes. Wohin geht es zum Modul? Ich werde der Musik
nachgehen. Meinem Pfeifen. Ohne Mund kann man nicht
pfeifen. Ich hätte es wissen können. Ohne Ohren kann
man nicht hören. Auch das hätte ich wissen können. Aber
ich hörte vorhin Wasser rauschen. Man hat uns gesagt,
hier gibt es kein Wasser. Was geschieht mit mir? Werde
ich wahnsinnig? Das wäre eine mieser Scherz ... Grüße an
Sarah und Jim. Grüße an die Raumfahrtbehörde."

„Matt Bloomingdale. Bloomingdale, wirklich? Die Sonne
geht unter. Ich denke, die Wärme ist mir nicht bekommen.
Jetzt wird es kühler, mir geht es etwas besser. Ich habe
Durst. Das mitgeführte Wasser reicht noch für knapp zwei
Tage. Ich hätte schon lange am Modul sein müssen. Dort
sind frisches Wasser und Nahrung, bald auch Gesichter
und Stimmen. Was ist, wenn ich mich verlaufen habe?
Was mache ich, wenn ich die nächsten Tage ohne Wasser
auskommen muss? Sollte ich schlafen? Vielleicht verpasse
ich etwas? Wenn ich erwache, werden alle in einer fremden Sprache mit mir reden. Ich werde nicht wissen, was
sie wollen. Ich werde wieder einschlafen und die ganze
Angelegenheit noch einmal durchdenken. Fieberwahn
schärft das Gehirn. Lagebericht einhundert, würde ich

behaupten. Matt Bloomingdale im Dienst der Menschheit. Wenn es sie noch gibt ...“

„Bloomingdale, hallo. Habe meine Schlafisolation verschoben und bin einfach weitergelaufen. Es ist sehr dunkel jetzt. Dadurch sieht die Gegend noch unbewohnter aus als am Tag. Aber man hat uns schließlich gesagt, dass hier nicht viel los ist. Sand und Steine. Deshalb hat man uns auch genug zu essen mitgegeben. Ich habe meine Nahrung verloren, ich glaube ich habe sie im Laufe des Tages weggeworfen. Meine Hand schmerzt. Schlimmer als der Hunger ist der Durst. Ich muss es bis zum Modul schaffen. Ich habe einen Bach rauschen hören und bin nicht trinken gegangen. Es gibt kein Wasser. Skelette brauchen nicht trinken. Scheiß Witz. Es gibt kein Wasser? Nein, es gibt kein Wasser, Matt, reißen Sie sich zusammen! Es gibt kein Spiegelbild. Ich kann mir nicht ins Gesicht sehen. Wahrscheinlich verpasse ich da nicht viel. Gute Nacht.“

„Es ist hell und früh. Hallo Leute, wie geht es euch? Mein Arm schmerzt. Ich bin früh schon erschöpft, daher bin ich gestürzt. Und wisst ihr was? Von hier unten ist die Situation auch nicht besser. An meinem Gesicht läuft ein Käfer vorbei. Er ist schwarz. Es scheint, als gäbe es nur diese Sorte. Krieche auf meine Hand. Habe keine Angst, ich zerdrücke dich nicht. Du bist klein und hässlich. Ich könnte dich mit einer Träne erschlagen. Du würdest aber vielleicht ertrinken. Ein herrliches Wort - ertrinken. Bist du giftig? Wir könnten handeln, dein Gift gegen einen Knopf meiner Kombination. Oder zwei Knöpfe? Zwei ... hoho.“

„Mats Blooming im Dienste der Rettung der Menschheit. Tag ... sieben? Ich bin bewusstlos geworden. Keine so üble

Sache eigentlich. Aber vielleicht bin ich nicht tauglich? Für diese Mission. Für diese Mission, die Überleben heißt. Überleben? Der gefeierte Held des Jahres, er überstand wochenlange Strapazen, nur sein frisch gebügelter Anzug war zerknittert. Ein weiterer Verlust ist seine Armbanduhr. Legen wir zusammen, Ihre Armbanduhr. Hatten Sie Kontakt? Ach, Sie hatten andere Probleme? Den Verlust des Zeitgefühls aufgrund Ihrer verlorenen Uhr? Nein, wie bitte, das war Ihnen scheißegal. Aha. Würden Sie einer erneuten Mission zustimmen? Zur Erkenntnishorizonterweiterung oder ähnlichem. Ohne Sie? Matthew Bloominggate, Sie wurden für die Ehrenbürgerwürde vorgeschlagen. Nein, mein Gott, die Stadt können Sie sich nicht aussuchen. Verstehen Sie, Ehrenbürger! Dieser Stadt! Historisch! Nun nicken Sie schon! Lächeln Sie wenigstens in die Kamera. Ein Hoch dem Ehrenbürger, die Stadt liegt Ihnen zu Füßen. Oh, Ihre Füße ...“

„Hier ist immer noch Matt. Ich glaube, ich hatte den Überblick verloren, bin jetzt aber wieder einigermaßen okay. Meine schmerzende Hand nimmt langsam eine bläuliche Farbe an. Vor einer Weile beobachtete ich, wie eine lodernde Fackel am Himmel ihre Bahn zog. Sie sank tiefer und tiefer und verschwand dann hinter dem Horizont. Keine Ahnung, was das war. Ach ja, ich fand erneut diese Fußspuren, aber diese Spuren endeten, als ich sie fand. Kein Wasser, keine Nahrung, kein Ziel, keine landschaftliche Veränderung. Ich bin den Fußspuren nachgegangen. Sie beginnen in einem Kreis, der aus einer Art Steinen gebildet wurde. Die Steine sind erstaunlich leicht, ich würde fast sagen, sie wiegen nahezu ... nichts. Es ist ein merkwürdiges Gefühl, etwas zu heben das kein Gewicht hat und trotzdem Form. Ich habe derzeit Gewicht aber keine Form. Obwohl ich keine Erklärung für all das habe, zeigt es mir doch, dass hier möglicherweise - außer Käfer - noch andere Lebewesen existieren. Die bläuliche Färbung der Hand hat sich den Unterarm emporgearbeitet. Dafür ist die Hand jetzt lila. Was für eine Riesenscheiße. Matt Bloomingdale. Ende."

„Matt Bloomingdale, Lagebericht. Ich bin einfach so umgefallen, weg war ich. Als ich erwachte stand er vor mir. Der Fußspurenmacher. Er ist ungefähr drei Meter hoch und unglaublich dünn. Ich hege den Verdacht, dass er ebenso wenig wiegt wie die Steine, und sich mit Hilfe des Windes fortbewegt. Leise wispernde Geräusche drangen an mein Ohr. Unsere Unterhaltung war etwas einseitig. Oder habe ich dies eingebildet? Wie war das doch: wenn ich erwache, werden alle in einer fremden Sprache mit mir reden? Ich werde nicht wissen, was sie wollen. Ich fühle mich anders als vorher. Nicht besser, nicht schlechter, nur irgendwie fremdartig. Es wird schon wieder dunkel. Der Sand schimmert grünlich in der Finsternis. Warum ist mir das vorher nie aufgefallen? Ende."

„Ich würde mich so freuen, wenn man mich endlich holt. Aber sie wissen vielleicht nicht, wo ich bin. Auch ich weiß es nicht. Niemand weiß es. Vielleicht hat es der Fußspurenmacher gewusst, aber der Dialog ging leider daneben. Mein Oberkörper schmerzt. Ich habe gestern früh den letzten Tropfen Wasser getrunken. Warum macht sich der Entzug nicht bemerkbar? Lege mich jetzt in den Sand, um zu schlafen, ist viel besser als die Schlafisolation. Matt Bloomingdale. Ende."

„Das Augenflimmern ist wieder da. Es ist hell, es ist dunkel, in einem rasenden Wechsel. Warm ist es. Mein Herzschlag ist vernachlässigbar. Medizinisch interessant. Ist Labrador Unix wirklich ein Kleinplanet? Wie geht es Sarah? Ihr hört mich doch, nicht wahr?"

„Status. Mein Körper schmerzt. Violett. Meine Arme sind violett. Ich kann beobachten, wie die Färbung voranschreitet. Etwas geschieht ... Sarah, wir müssen den Termin verschieben. Die Parzen ... spinnen ihre Fäden ... Irgendwo hinter mir, oder vor mir, wenn ich im Kreis gelaufen bin, liegt meine Uhr. Ich bin ein Ehrenbürger. Ich bin ein Erdenbürger. Ich muss mich setzen. Ich sehe meine Beine. Sie sind bis zu den Knöcheln verfärbt. Ein leises Singen hat eingesetzt. Es ist keine Melodie ... Ich höre Geräusche, die ich bis jetzt noch nie wahrgenommen habe. Meine Hände krümmen sich, ohne dass ich etwas dagegen unternehmen kann. Die ganze Haut ist violett. Meine Haare sind ausgefallen, innerhalb kurzer Zeit. Bin ich Matt Bloomingdale?"

„Meine Hände werden schwarz. Was bin ich? Ist das das Ende?"

„Aus dem Sand sind einige Käfer gekrochen. Ich wette, sie sehen mich an. Der Wind weht, eine sanfte Brise. Ja, sie sehen mich an. Ich kann es fühlen."

„Meine Finger sind zusammengewachsen. Das was geschieht, geschieht immer schneller, wie bei einer Lawine. Es wird meine letzte Mitteilung ... Pessimist ... Mein Körper glänzt in schwarzer Farbe. Doch ich fühle ihn nicht mehr. Ich fühle keinen Puls ... keine Atmung. Spreche ich noch? Sarah. Labrador Unix. Sarah! Nach und nach wird meine Umgebung größer. Sie wächst. Sie wächst nicht, ich werde kleiner. Freund Käfer, was für ein böses Spiel. Ich ziehe mich in mich selbst zusammen. Ein gehöriges Stück Selbsterfahrung. Meine Haut ... beginnt ... zu brechen. Die Käfer, die Käfer formieren sich! Ich höre sie wis ... pern. Geht es euch um die ... Knöpfe? Sarah. Seit wann ist ... das ... Blut der ... Men ... schen ... gelb? Ich glaube ... ab jetzt ... ar ... beitet ... die Zeit für mich. Sand, köst ... licher S ... and, aaah.“

Reiseziele

Ems Varhold klopfte Abel Tinkerton vertraulich auf die Schulter: „Natürlich werden Sie Spaß haben. Niemand hat sich bis jetzt darüber beklagt, dass er keinen Spaß gehabt hätte. Karneval in Venedig, Fasching in Rio, Tanz um den Marterpfahl, was Sie wollen. Wie in unseren Prospekten, Abel Tinkerton. Nur viel bunter und, wie soll es anders sein, viel lebendiger."

Tinkerton schien nicht überzeugt, woraufhin Varhold, ein erfahrener Verkäufer von Zeitreisen, die Bedenken weiter zerstreute. „Nein, kein Risiko. Absolut nicht. Sie wissen doch, für die Leute früherer Epochen sind Sie einfach nicht existent."

„Ich habe aber gehört", unterbrach ihn Tinkerton, „es sei zu Zwischenfällen gekommen. Vor zwei Jahren soll eine Gruppe aus dem 18. Jahrhundert nicht zurückgekommen sein. Und unlängst wurden Reisende auf dem alten Kontinent angegriffen. Wie soll das gehen, wenn man nicht ... wenn man nicht ..."

„Existiert?", ergänzte Varhold, milde lächelnd. „Ich dachte mir schon, dass Sie darauf zu sprechen kommen würden. Eine Vielzahl unserer zufriedenen Kunden sagte mir, sie hätten gehört, es hätte jemand gesagt, dass derjenige jemanden kennt, der meinte gehört zu haben, es wäre zu Zwischenfällen gekommen. Ich will nicht verheimlichen, es gab einen Zwischenfall. Aber wie gesagt, einen, einen Einzigen! Und der war vor sechs Jahren, nicht vor zwei."

„Was geschah?", fragte Tinkerton nervös.

„Die Gruppe hat entgegen unserer Empfehlung gehandelt. Wissen Sie, Abel Tinkerton, in unserem Handbuch, welches Sie bei dem Kauf einer Reise erhalten, steht als erster Paragraph: 'Die Empfehlungen des Reisebüros entsprechen den allgemeinen Bestimmungen des Verbandes für Zeitreisen zum Schutz der Zeitreisenden, der vorgefundenen Historie und der Erhaltung der Umwelt. Aus diesen Gründen ist den gegebenen Empfehlungen unbedingt Folge zu leisten. Bei Nichteinhaltung derselben übernimmt der Veranstalter keine Haftung für die Sicherheit des Reisenden.´ Eine unserer Empfehlungen ist, sich nicht in Gebieten aufzuhalten, die wir nicht empfehlen. Das ist doch klar, oder?“

„Und was geschah nun?“, bohrte der Angesprochene weiter, als hätte er nicht zugehört.

„Was geschah? Sie sind alle verbrannt. Die Gruppe hat, ich betone, Abel Tinkerton, entgegen unserer Empfehlung, einen Ausflug in eine Stadt durchgeführt. Fragen Sie mich nicht nach dem Namen. Es ist zu lange her. Und wie der Zufall so will, ist die Stadt abgebrannt, als sie gerade dort waren. Muss eine riesige Feuerbrunst gewesen sein. Die ganze schöne Stadt. Das viele Holz. Unwiederbringlich verloren, stellen Sie sich das vor. Für den entstandenen Personenschaden hat der Verband natürlich, wie schon gesagt, in diesem Fall keine Haftung übernommen. Auch die Versicherung hat den Angehörigen nichts ausgezahlt.“

„Aber“, meinte Tinkerton schwerfällig, „Verkäufer Varhold, ich denke, man ist nicht ...? Können Sie mir das erklären?“

„In unserem Handbuch, Paragraph 14, `Technische Details einer Zeitreise´, könnten Sie nachlesen, wenn Sie das Buch hätten, Abel Tinkerton, dass der jeweilige Zeitreisende, vereinfacht ausgedrückt, zwar unsichtbar und somit nicht existent ist, nicht desto trotz aber materiell!“ Varhold schaute Tinkerton an, welcher mit trübem Blick vor ihm stand. Er bezweifelte, dass dieser verstanden hatte, was er ihm hatte mitteilen wollen. Dafür jedoch, dass Tinkerton zu den geschätzten achtzig Prozent der Menschen gehörte, denen die freie Namensgebung verweigert worden war aufgrund nicht bestandener Intelligenztests, war er noch ertragbar. Aber dies war egal, rekrutierten sich seine Kunden gerade aus diesen achtzig Prozent, auch wenn dieser Klientel immer nur die einfachsten und billigsten Angebote buchte.

„Sehen Sie, Tinkerton, Zeitreisen werden seit über einundvierzig Jahren angeboten. Ich muss eingestehen, dass wir hier vor Ort eines von zwei Reisebüros auf dem Kontinent sind, die noch mit der Technik aus dieser Gründerzeit arbeiten. Wir sind jedoch konkurrenzlos preisgünstig. Zugegeben, es gibt jedes Jahr Weiterentwicklungen, Verbesserungen und somit auch viele überflüssige Dinge. Aber, Abel Tinkerton, teure Geräte - teure Reisen. Und es hat noch nie Beanstandungen seitens der Kunden gegeben. Wie auch immer, Abel Tinkerton, ob Urmenschen bei der Mammutjagd, Dschingis Khan bei der Eroberung der Welt, eine schöne Hexenverbrennung bei Nacht, die Versuche Faschismus oder freie Marktwirtschaft, die Palette ist ungeheuer vielfältig. Sie müssen nur wählen, Abel Tinkerton! Eine Million Jahre, jeden Tag in der Geschichte der Menschheit, den Sie wollen! Die Ankunft bis auf zwei Stunden genau. Das Manko der alten Geräte. Aber bei uns ist der Kunde Prinz, wie man früher zu sagen pflegte.“

Er unterließ es Tinkerton zu sagen, dass er den Reisekonverter `Mein in Ehren ergrautes rustikales Baby´ nannte. Der Kunde sollte schon Vertrauen in die Technik besitzen, fand Ems Varhold, auch wenn sie mehr als vierzig Jahre alt war.

„Vielleicht habe ich etwas nicht richtig verstanden, aber kann mir wirklich nichts geschehen? Ich meine, was ist, wenn mich ein Mammut auf der Flucht zertritt?“

„Abel Tinkerton“, erklärte Varhold behutsam, „ich habe nie davon gesprochen, dass Ihnen nichts geschehen kann,

Im Normalfall unterscheiden wir drei Zielgruppen von Reisenden: Abenteuertouristen, Bildungsreisende und Erholungssuchende. Letztere Gruppe wird sich höchst selten eine Mammutjagd anschauen wollen. Entsprechend gering ist das Risiko, die Versicherungspolice niedrig. Reisende, die das Abenteuer suchen, werden Sie kaum an einem Strand finden. Obwohl, gerade Badeurlaube erfreuen sich aufgrund der momentanen Situation großer Beliebtheit." Er wies mit einer unbestimmten Gesten nach draußen in den wallenden Nebel. Dann schwieg er. Tinkerton schien eine harte Nuss zu werden. Die besten Kunden waren immer noch die mit konkreten Vorstellungen. Zeitalter, Datum, Ort, Preis und der Nächste. Dieser beschränkte Tinkerton würde ihn sicher noch eine geraume Zeit aufhalten und irgendwann, womöglich ohne eine Reise genommen zu haben, das Büro verlassen. Eine sogenannte Zeitnull, wie er diese Leute verächtlich nannte.

„Ich weiß nicht recht", meinte Tinkerton versonnen.

„Möchten Sie denn eine Abenteuerreise, Abel Tinkerton?", ging Varhold in die Offensive. „Oder würden Sie eher im Atelier von Picasso stehen und zusehen wollen, wie der Meister malt?"

„Der Meister?"

„Oder am Hof von Kleopatra einer Audienz beiwohnen? Obwohl dies schon wieder in die Kategorie Abenteuer fallen könnte. Ich sehe sofort in der Liste nach, wenn Sie diesen Wunsch haben", sagte Varhold unlustig.

Tinkerton trat unentschlossen auf der Stelle, während Varhold ihn verstohlen betrachtete: infantil, ohne jeden Zweifel.

„Vielleicht, Verkäufer Varhold, ich würde noch Fragen stellen wollen." Tinkerton dachte eine Weile nach. „Ein zufälliger Bekannter, Blag Lukovitch, sagte mir, wenn ich

zum Beispiel in der Urzeit zertreten werde, störe ich den
Lauf der Zeit, und die Geschichte ändert sich bis heute. Es
gäbe dann auch keine Reisebüros mehr. Sagt Blag Lukovitch."

„Blag Lukovitch scheint nicht genau informiert zu sein,
Abel Tinkerton. Wenn Sie in der Urzeit zertreten werden,
was wir alle nicht hoffen, wissen wir dies natürlich hier.
Vereinfacht sagt man in unserer Branche, Ihre Lampe hört
auf zu leuchten. Der Verband für Zeitreisen entscheidet
dann, was getan werden kann. Um bei Ihrem Beispiel zu
bleiben: Wenn Sie in der Urzeit von einem Mammut zer-
trampelt werden, wenn Ihr unsichtbarer Körper zu einer
unsichtbaren blutigen Masse wird, geschieht überhaupt
nichts. Die Auswirkungen, wohlgemerkt, falls vorhanden,
haben keinerlei Einfluss auf den Verlauf der Geschichte."
Varhold sah im Geiste den zertretenen Tinkerton und fand
fast Gefallen daran. Schließlich fuhr er fort: „Selbst wenn
das Mammut erschrickt, weil es auf etwas getreten ist, was
es nicht gesehen hat, also auf Sie, Abel Tinkerton, und all
die anderen Mammutjäger in Panik auch zerquetscht, was,
frage ich Sie, soll die Konsequenz sein? Die Wahrscheinlichkeit, dass mit diesem nun nicht mehr existierenden
Stamm Jäger eine Persönlichkeit oder ein Ereignis verlorengegangen ist, welches die vergangene Zukunft auf
Dauer beeinflusst, Abel Tinkerton, tendiert gegen Null.
Die Mammuts sterben aus, ob nun einer von ihnen auf
Abel Tinkerton getreten ist oder nicht. Schon ein Teil
einer alten Theorie von Douglas Adams, drittes Buch An-
halter, besagt: Alles was geschieht, geschieht. Das bedeutet
nichts anderes, als das alle Ereignisse bis zu einer bestimmten Tragweite und in einem größeren Zeitrahmen
unabhängig von der Handlung einzelner Personen *sowieso*
stattfinden. Die Zeit besteht nämlich nicht aus *einem* gera-

den Strang, sondern aus mehren sich überlagernden und verwunden Strängen, die zusätzlich noch in sich verdrillt sind aus mehreren feinen Zeitfasern. Außerdem, sozusagen als kleine Sicherheit, darf ein Aufenthalt in der Historie höchstens zwei Tage betragen."

Tinkerton nickte. „Ja", sagte er langsam und trat wieder auf der Stelle, „ich denke, ich verstehe das."

„Das ist noch nicht die ganze Wahrheit. Wenn ..."

„Warten Sie, Verkäufer Varhold", unterbrach ihn Abel Tinkerton, „was ist mit dem Präsidenten?"

Ems Varhold sah Tinkerton an. „Das frage ich Sie. Was soll mit dem Präsidenten sein?"

„Nun, ich würde es nie tun, vielleicht jemand anderes, aber wenn doch ich ... ich meine, was ist, wenn ich den Präsidenten der Vereinigten Staaten erschieße? Vielleicht den letzten, den es je gab, Edgar Clayton."

„Eine gute Frage, Abel Tinkerton. Gesetzt den Fall, Sie könnten den Präsidenten ermorden, würde sich der Lauf der Dinge wahrscheinlich verändern, ungeachtet der Tatsache, dass zu diese Zeitpunkt die Große Anarchie unmittelbar bevorstand und es keine Rolle mehr gespielt hätte. Wahrscheinlich ist das ein Grenzwert der von mir erwähnen Theorie. Aber", hier machte Varhold eine kleine bedeutsame Pause, „es wird Ihnen nie möglich sein, den guten alten Eddy zu erschießen. Nicht nur, dass Sie nicht sichtbar sind: Sie sind auch nicht, sagen wir einmal, nicht vollständig." Varhold grinste vor sich hin. Nicht vollständig, genau das traf es. „Ihr unsichtbarer Körper existiert in einer geringfügig anderen Form. Und diese Form ist so aufgebaut, dass Sie zu keinem Zeitpunkt in der Lage sind, Waffen oder Werkzeuge zu benutzen. Dies hängt unter anderem mit der Materieverzerrung zusammen, die für die Unsichtbarkeit notwendig ist. Das verstehen Sie sicher. Es ist die Grundbedingung für Zeitreisen."

„Für die ... Sicherheit, nicht wahr?", stotterte Tinkerton hervor.

„Für die Sicherheit auch, natürlich. Sie sollten aber nicht vergessen, Abel Tinkerton", sagte Varhold, der mit der Zeit sogar Freude an der Belehrung empfand, „dass Sie natürlich Dinge bewegen können! Denn Sie bestehen immer noch aus Materie. So wie der Saurier Sie zertreten kann, sind Sie in der Lage, kleinere Gegenstände vor sich her zu schieben, Türen zu öffnen. Nahrung müssen Sie keine zu sich nehmen, unsere Energietabletten wirken mindestens sechzig Stunden. Und wenn Sie im für Sie ungünstigsten Fall sterben, zerfällt Ihr unsichtbarer Körper mit der Zeit genau wie jeder andere." Tröstend fügte er hinzu: „Sicherlich wird der Verband für Zeitreisen noch eine Weile die Materieverzerrung aufrechterhalten. Aus Pietätsgründen."

*

Tinkerton war der erste Kunde, der das Reisebüro an diesem Tag aufsuchte. Während der Unterhaltung zwischen Varhold und Tinkerton hatte sich anscheinend niemand weiter für eine Zeitreise interessiert. Nun wurde jedoch ein weiterer Kunde durch das Schleusensystem gesogen. Dieser grüßte etwas linkisch und wandte sich, da er den einzigen Verkäufer, Ems Varhold, beschäftigt fand, vor sich hin lächelnd den elektronischen Prospekten zu.

„Abel Tinkerton", meinte Varhold angesichts des neuen Kunden entschlossen, „möchten Sie eine Zeitreise oder nicht?"

„Das schon, aber ich denke, es wird, ich meine, was ist mit dem Preis? Sie wissen schon."

„Sicherlich, Gruppenreisen sind billiger. Schon bei zwei

Personen gebe ich einen Rabatt. Vielleicht finden Sie noch jemanden aus Ihrem direkten Bekanntenkreis", meinte Varhold schadenfroh.

Tinkerton blickte Varhold verletzt an: „Aus meinem direkten Bekanntenkreis? Verkäufer Varhold, *bitte!*"

Varhold sah zu dem neuen Kunden herüber, ob dieser den groben Scherz, den er sich mit Tinkerton erlaubt hatte, zu würdigen wusste. Doch der Mann blickte ihn, da er bemerkt hatte, dass Ems Varhold zu ihm hinsah, nur unverbindlich an. Zumindest macht er keinen törichten Eindruck, stellte Varhold für sich fest.

Tinkerton ließ sich wieder vernehmen. „Ich könnte doch", sagte er, „ein Sonderangebot aus der Werbung nutzen."

„Aber selbstverständlich, Abel Tinkerton", ergriff Varhold seine Chance und Tinkerton am Arm. „Die Liste unsere Sonderangebote können Sie hier einsehen, Abel Tinkerton. Ich würde mich in der Zeit dem neuen Kunden zuwenden. Ist Ihnen das so recht, Abel Tinkerton?"

Ohne eine Reaktion von Tinkerton abzuwarten, wandte sich Verkäufer Varhold dem neuen Kunden zu.

Dieser reichte ihm mit einer eleganten Bewegung seine Karte und fügte entschuldigend hinzu: „Mo Skip Surens. Mich hat man wohl noch übersehen bei der Großen Implantierung. Ich hoffe doch sehr, dies ist kein Hindernisgrund für eine Zeitreise in ihrem Büro, Verkäufer Ems Varhold."

Wie Tinkerton sprach er langsam, doch im Gegensatz zu diesem schien er seine Worte mit Bedacht zu wählen. Sein Gesicht hatte einen leicht rosigen Ton. Der Mann sah nicht aus, als wäre er, wie die meisten, krank oder zumindest infiziert. Hin und wieder hatte Varhold schon von Leuten gehört, die noch nicht zur Großen Implantierung aufgerufen worden waren.

„Das ist doch überhaupt kein Problem“, erwiderte Varhold mit einem charmanten Lächeln, wobei er gleichzeitig die Karte, die dem Reisebüro alle persönlichen Daten des Kunden übermittelte, in die Auswertungsbox einführte.

„Mo Skip Surens, es freut mich außerordentlich, Sie begrüßen zu dürfen“, buhlte Varhold. „Haben Sie einen speziellen Wunsch, oder darf ich Ihnen Angebote unterbreiten?“ Gleichzeitig war er erstaunt, dass jemand vom alten Kontinent in sein Reisebüro kam, und noch dazu aus der angeblich reichen Stadt Monc. Er war noch nie in Monc gewesen, denn die Stadt, modern und steril, war nur mit einer Einladung zugänglich. Die Menschen dort standen zudem nicht in dem Ruf, besonders reisefreudig und umgänglich zu sein. Vielleicht aber hatte der Kunde hier Geschäftsverbindungen und noch die zwei Tage Zeit übrig, die eine Zeitreise maximal dauern würde. Er sah unauffällig zu Tinkerton hinüber, der immer noch die Liste der Sonderangebote studierte.

„Wenn es sich einrichten ließe, würde ich mich gerne Abel Tinkerton anschließen. Vorausgesetzt, Abel Tinkerton hat nichts dagegen und reist in der nächsten halben Stunde ab.“

Irgendetwas machte Varhold nervös. „Ich werde mich bei Abel Tinkerton für Sie verwenden, selbstredend. Allerdings kann ich seine Entscheidung kaum beeinflussen. Wenn ich fragen darf, Mo Skip Surens: zum Ersten, sind Sie mit Zeitreisen vertraut, und, woher kennen Sie unsere Namen?“ Die Namen! War es das, was ihn unsicher machte?

„Verkäufer Varhold, Ihr Reisebüro ist nicht so groß, dass ich die Möglichkeit gehabt hätte, Ihr Gespräch nicht mit anzuhören.“ Dies sagte Mo Skip Surens freundlich, ohne

Ironie. „Sie sprachen sich mit Abel Tinkerton und Verkäufer Varhold an. Und um Ihnen eine weitere Last von den Schultern zu nehmen: mit Zeitreisen kenne ich mich hervorragend aus. Ich habe sie, sozusagen, studiert.“

„Das ist günstig“, sagte Varhold mit einem Blick auf Tinkerton: „Es erspart Ihnen und mir einen Menge Zeit und Fragen.“ Verlegen fuhr er fort: „Entschuldigen Sie, dass wir Ihnen unsere Unterhaltung aufgedrängt haben, Mo Skip Surens.“

„Das ist doch überhaupt kein Problem, Verkäufer Varhold“, lächelte der Kunde.

Wahrscheinlich, dachte Varhold, sind Erziehung und Umgang der Menschen miteinander in der Stadt Monc etwas anders als hier. Mit Sicherheit. Auch wenn er nicht genau erklären konnte, *wie* anders. Unruhig berührte Varhold seine Implantierung. Dann ergriff er den Faden wieder, während Tinkerton, noch immer das günstigste Angebot suchend, vor sich hin schniefte.

„Abel Tinkerton hat, wie ich sehe, noch nicht zu einer Entscheidung gefunden. Wenn sich Ihr Wunschziel nicht mit dem von Abel Tinkerton deckt, was ich auf Grund bestimmter personeller Konstellationen fast befürchte, wäre es eventuell doch ganz interessant, unsere Angebotspalette durchzugehen? Meinen Sie nicht, Mo Skip Surens?“

Im Hintergrund war ein Räuspern und Hüsteln zu vernehmen.

Erneut lächelte Mo Skip Surens. „Für mich, Verkäufer Varhold, ist das Reiseziel sekundär. Ob Archäopteryx, Monet oder Lincoln das sind zweitrangige Dinge. Der Weg ist das Ziel. Meinetwegen auch Griechenland in der Antike,“

„Ob Archäop...? Wie bitte, soll ich das verstehen? Und

was meinen Sie mit ´Der Weg ist das Ziel´?" Da war es wieder, deutlicher noch als zuvor. Tinkerton war zwar debil, aber begreifbar. Was natürlich auch bedeuten konnte, dass er, Varhold, sich mittlerweile dem geistigen Niveau seiner achtzig - Prozent - Kunden angepasst hatte. Das war bedenklich. Er fröstelte ein wenig.

In diesem Augenblick räusperte sich Tinkerton erneut und sprach: „Verkäufer Varhold, Nummer vier der Liste, das wäre etwas für mich. Haben Sie Zeit? Ich würde gern gleich verreisen. Ja?"

Varhold sah den lächelnden Mo Skip Surens an. Dieser wies mit einer wohlwollenden Geste in Richtung Tinkerton. Varhold überlegte indessen, wo er den Namen Monet einordnen sollte. Und Lincoln, dachte er, Lincoln? Abraham Lincoln, der uralte Präsident? „Abel Tinkerton, meine Zeit gehört Ihnen. Sie erwähnten Position vier. Position vier? Ich bin untröstlich, habe jedoch die Positionen der Liste nicht vollständig im Kopf. Bevor wir jedoch die Formalitäten klären und das Ziel präzisieren, freue ich mich Ihnen mitteilen zu können, dass der neue Kunde an meiner Seite, Mo Surens, den Wunsch hegt, sich Ihnen anzuschließen. Was halten Sie davon? Bedenken Sie auch, es ist Ihr Preisvorteil."

Tinkerton schniefte. Daraus ging nicht hervor, wie er darüber dachte. Dann sagte er: „Wie lange werden wir denn zusammen sein? Die ganze Reisedauer, die ganzen, ähm, drei Tage?"

„Nein, Abel Tinkerton, nein. Nicht die ganzen zwei Tage. Sie können bei Ankunft am Zielort getrennte Wege gehen. Sie sind zusammen eigentlich nur während der, sagen wir einmal, Fahrzeit. Diese ist natürlich direkt abhängig vom gewählten Ziel. Lassen Sie mich schauen, Position vier, das ist ..., das ist, mein Gott, das ist Griechenland in der Antike!“

Mo Skip Surens hatte mittlerweile aufgehört zu lächeln, sein rosiges Gesicht war reglos. Unverbindlich war wohl das einzige zutreffende Wort, konstatierte Varhold. Ob *alle* Menschen in Monc so waren? Oder anders gefragt, stammte Mo Skip Surens wirklich aus Monc?

„Nun, Abel Tinkerton“, sprach Varhold mit kratziger Stimmer weiter „die Fahrzeit, also die Dauer der Zeitkomprimierung, beträgt achtzehn Minuten. Unmittelbar vor der Ankunft setzt automatisch die Materieverzerrung ein und Sie werden unsichtbar.“

Tinkerton bedachte Mo Skip Surens mit einem langen und wie gewohnt trüben Blick.

*

Abel Tinkerton und Mo Skip Surens, was für ein tolles Gespann, dachte Varhold. Der eine ein weitestgehend isolierter Underdog. Der andere ein Geschäftsmann aus einer über fünftausend Kilometer entfernten Stadt, wahrscheinlich stammend aus der elitären Oberschicht, die das Kürzel der Stadt Monc vor ihrem Namen tragen durfte und die den Kontakt mit Menschen wie Tinkerton fast um jeden Preis mied, wie Varhold gehört hatte. Irgendwo passte es nicht zusammen.

„Glauben Sie mir, Abel Tinkerton, Sie werden denken ich sei gar nicht anwesend. Ich bin auch bereit, Ihre Reise zu unterstützen. Wenn Sie verstehen, was ich meine“, sagte Mo Skip Surens in die Gedanken des Verkäufers Varhold hinein.

Ein dümmliches Lächeln machte sich nach einer Weile auf Tinkertons Gesicht breit. Erst ein Sonderangebot, dann noch Rabatt für zwei Personen, und schließlich übernahm dieser Mo auch noch einen Teil der Kosten. Wenn das kein

Tag war! „Das ist gut. Wann geht es los?"

Varhold schaltete sich ein: „Gemach, gemach. Da wären noch die Formalitäten. Abel Tinkerton, wenn Sie zuerst mit mir an das Terminal kommen würden, bitte?"

Dort war Tinkerton unter Anleitung des Verkäufers Varhold damit beschäftigt, die üblichen persönlichen Daten zu bestätigen. Mo Skip Surens aus der Stadt Monc trat derweil hinter dem Rücken des Verkäufers an den in einer Ecke des Raumes stehenden Reisekonverter heran. Er legte seine Hand, die ebenso gesund und rosig aussah wie sein Gesicht, darauf und flüsterte gedankenverloren einige wenige Worte.

„Verzeihen Sie, Mo Skip Surens, haben Sie soeben `Baby´ gesagt?" fragte Varhold überrascht. Wurde er jetzt paranoid?

„Oh, Verkäufer Varhold. Ich sagte, `by, by´. Ein etwas volkstümlicher Brauch in der Stadt Monc, wenn man eine Zeitreise antritt."

„So." Varholds Augen wurden zu Schlitzen. „Ein etwas volkstümlicher Brauch?" Wenn es etwas nicht gab, dann waren es volkstümliche Bräuche in Monc. Soviel war sicher. Die Angelegenheit wurde immer seltsamer.

Mo Skip Surens lächelte undurchsichtig und schwieg.

Varhold wandte sich ab. „Abel Tinkerton, darf ich Sie bitten, schon in den Reisekonverter zu steigen? Ihre Gesundheitsparameter werden automatisch geprüft. In drei Minuten kommt Mo Skip Surens zu Ihnen, und dann sind Sie schon fast in Griechenland."

Während Tinkerton wortlos und behäbig einstieg und die Tür sich automatisch wieder hinter ihm schloss, führte Varhold den Kunden aus der Stadt Monc zum Terminal. „Mo Skip Surens", begann Varhold zögernd, „ich würde gern, im Interesse des Reisebüros, einen erweiterten Sicherheitscheck Ihrer persönlichen Daten durchführen. Dazu benötige ich die Verbindung nach Monc. Es könnte eine Minute länger dauern. Sehen Sie darin ein Problem, Mo Skip Surens?“

*

Mo Skip Surens verschränkte die Arme hinter seinem Rücken, bevor er einige Schritte auf und ab ging. „Glauben Sie nicht“, antwortete er schließlich bedächtig, „dass wir diese Variante in Betracht gezogen haben? Oder das wir sie schon kennen? Sie sind doch auch informiert über die Vergangenheit, in die Sie Tinkerton reisen lassen. Wenn ich richtig unterrichtet bin, geben Sie sogar Empfehlungen.“

„Ja. Ja doch.“ Varhold schüttelte den Kopf. „Aber ich glaube es einfach nicht.“

„Was ist daran so schwer zu glauben? Wo ist der Unterschied? Sie reisen in der Zeit, wir reisen in der Zeit. Immer schön rückwärts, wie es sich gehört, um die Polarität nicht zu beeinflussen. Also, wo sehen Sie darin das Problem?“

Ems Varhold schwieg eine Weile.

„Bis jetzt, Mo Skip Surens oder wie auch immer, bin ich Gegenwart. Ich, Mo Skip Surens, ich bestimme die Zukunft, zumindest meine unmittelbare. Doch durch Sie, bedingt durch Ihr Erscheinen, ist dies außer Kraft gesetzt! Die Zukunft steht schon fest. Sie hat gewissermaßen einen zeitlichen Rahmen. Und in diesem Rahmen bin ich *Vergangenheit*. Ich bin also tot.“ Er winkte resigniert ab. „Und Sie sind nicht einmal unsichtbar, auch wenn es nur wäre, um mein Gewissen zu beruhigen.“

Mo Skip Surens zuckte mit den Schultern. „Sie leben doch in Ihrer Gegenwart. Ich bin der Fremdling von außerhalb der Zeit. Also bin ich nicht existent, ich bin der

Tote. Sehen Sie es doch so herum."

„Bislang hatte die Zeitreise nur technische Aspekte. Jetzt hat sie menschliche", seufzte Varhold.

„Bekomme ich trotzdem meine Reise?", fragte Mo Skip Surens vorsichtig und fügte mit einem Grinsen nachäffend hinzu: „Haben Sie Zeit? Ich würde gern sofort verreisen. Ja?"

Varhold lächelte müde. „Eine Frage noch, wie weit voraus, Mo Skip Surens, wie weit?"

„Fünfzig Jahre, fünfhundert Jahre, was spielt das für eine Rolle?"

„Ich weiß ja, dass es keine Rolle spielt. Vielleicht will ich nur wissen, wie lange unsere Zukunft *auf jeden Fall* geht."

Mo Skip Surens stand an der Tür des geschlossenen Reisekonverters, hinter dessen durchsichtigem Bullauge der teilnahmslose Tinkerton auf einer gepolsterten Sitzbank saß und döste, während das Handbuch nutzlos neben ihm lag.

„Genau das ist der kritische Punkt, Verkäufer Varhold. Wir sind nicht befugt, derartige Auskünfte zu geben. Was macht Sie außerdem so sicher, dass ich aus der Zukunft *dieser* Menschheit komme?"

Varhold sah Mo Surens an: dessen erholtes Gesicht, die Lachfältchen in den Augenwinkeln. So also sahen die Zeitreisenden aus der Zukunft aus. Es war gleichgültig, ob jener aus der Zukunft dieser Menschheit kam. Er war ein Mensch, das allein zählte. Was, dachte er weiter, würden wohl die Griechen sagen, wenn sie Tinkerton sehen könnten?

„Ich werde Sie jetzt auf die Reise schicken, Mo Skip Surens. Interessiert es Sie, wohin in Griechenland Abel Tinkerton möchte?"

„Nein, es braucht mich nicht zu interessieren."

„Natürlich, Sie sind aus der Zukunft. Sie wissen es schon, habe ich recht?" Varhold nickte vor sich hin und sprach weiter: „Diese Übereinstimmungen: Der Archäopteryx und die Urzeitsaurier, Claude Monet und Picasso, die Präsidenten Lincoln und Clayton, das waren keine Zufälle." Dann hob er ratlos die Hände. „Trotzdem, ich würde gern wissen, warum Sie ausgerechnet zu mir gekommen sind, in mein Büro? Auch in der Stadt Monc gibt es Büros für Zeitreisen. Dort ist, um ehrlich zu sein, der Service ein anderer, die Maschinen sind neuer, wesentlich komfortabel und schneller. Wollten Sie Abel Tinkerton sehen?" Varhold blickte zur Decke und schüttelte den Kopf. „Nein. Mich, den Verkäufer Ems Varhold? Ein schlechter Scherz. An Griechenland kann es auch nicht liegen. Sie hätten nur weiter in die Vergangenheit reisen müssen, als Sie es jetzt getan haben. Was also ist so interessant? Wo liegt der Grund Ihrer Reise?"

„Worin liegt der Grund einer jeden Reise?" Mo Skip Surens Augen ruhten auf dem Konverter. „Sie, Tinkerton, ich und tausend andere Menschen aus Ihrer und meiner Zeit reisen, um etwas zu sehen, zu erleben oder zu riechen, was es in der Zeit, aus der sie kommen, nicht mehr gibt. Eine Zeitreise ist nur eine erweiterte Form eines Ausfluges auf das Land. Wie im zwanzigstem Jahrhundert. Der Bauer fährt in die Stadt, der Städter auf das Land und ich in Ihre Zeit. Selbst ein Tinkerton reist nach Griechenland, um die Sonne zu genießen, die er hier so selten sieht."

Varhold lächelte matt. „Natürlich, das sind die Grundlagen. Das wissen wir ebenfalls, so rückständig wir Ihnen auch erscheinen mögen. Aber es beantwortet nicht meine Frage. Oder wollten Sie damit sagen, dass Sie Gefallen finden an Smog und Nebel, der unseren stählernen Brücken zerfrisst, an verfaulenden Wäldern und umgekippten

Seen, deren Geruch kaum zu ertragen ist? Vielleicht stellen wir für Sie so eine Art dritte Welt dar, eine lebensechte Ausstellung zum Thema globale Armut und fehlerhaftes Katastrophenmanagement?"

„Oh bitte, mein lieber Varhold, warum so heftig?", wehrte Mo Skip Surens hastig ab. „Nichts dergleichen. Es mag Zeitreisende geben, sicherlich sogar, die sich an diesen Dingen ergötzen und damit ihrer kranken armseligen Phantasie Nahrung geben. Aber wäre ich *hier*, wenn mich die Feuersbrunst einer Stadt aus dem 18. Jahrhundert, der Geruch verbrannten Fleisches und die grauenhaften Todesschreie dieser Menschen ergötzen würden?"

Varhold schwieg. Natürlich, warum sollten Menschen aus der Zukunft weniger vernünftig sein?

Mit einer sanften Bewegung berührte Mo Skip Surens den Arm des Verkäufers, bevor er weitersprach: „Hat es Sie nie gedrängt, Ems Varhold, beim Bau der Pyramiden zuzusehen und diese technische Leistung zu bestaunen? Waren Sie nie neugierig, wie ein paar halbnackte Primitive die Statuen auf der Osterinsel wohl errichtet haben? Oder wollten Sie nicht schon immer einmal die Freudentränen der Männern und Frauen auf dem Mars sehen, als diese dort ihre ersten Tomaten vom Strauch pflückten? *Das* sind die Dinge, die von Wert sind. Ich kenne Menschen, die in die Urzeit reisen, weil sie von der Bearbeitung eines Faustkeils fasziniert sind. Andere möchten den Bau der ersten Dampflok miterleben und fahren, wenn es sich ermöglichen lässt, als besonderer Nervenkitzel vielleicht inkognito auf dem Dach mit. Und ich", fuhr er fort und tätschelte dabei liebevoll das graue Metall des Konverters, „ich mag das Geräusch der Zeit. Das Trapp-trapp der Sekunden in der eingebauten Uhr hinter diesem kalten Stahl. Ich mag den Geruch von Öl, das die fast lautlosen Zahnräder im

Boden dieser Maschine schmiert. Ich liebe das Surren des Stromes, wenn er durch schmale Drähte seiner Bestimmung entgegenkriecht. Diese ursprüngliche alte Technik, die zuverlässig und treu ihren Dienst versieht, mein lieber Varhold, war mir eine Reise durch die Zeit wert. Und glauben Sie mir, ich werde Ihr *in Ehren ergrautes rustikales Baby* weiterempfehlen."

Der Mexikaner

Der Anruf erreichte Damian Wincott eine Stunde nach dessen Mittagspause in seinem Büro. Er schob lächelnd seine noch fast volle Kaffeetasse beiseite, um an den Hörer zu gelangen. Beim Blick auf das Display, welches ihm den Namen des Anrufers verriet, fror sein Lächeln ein. „Harrington, ein Anruf von Ihnen ist ein steter Quell an Freude. Was verschafft mir die Ehre?"

„Wäre es möglich, dass Sie Ihre Liste herauskramen?", fragte Harrington in seiner trägen Art, die Wincott an das Phlegma einer Schildkröte erinnerte.

Dennoch wurde Wincott augenblicklich hellhörig. Es gab nur eine Liste in diesem Büro, auf die sich Harrington beziehen konnte. Auf dieser standen die Übersetzungen der internen Codes, die zur Anwendung kamen, wenn Informationen unter allen Umständen geheim bleiben sollten. Irgendwo also spannen die Parzen ihre Fäden.

„Bleiben Sie dran." Wincott legte den Hörer neben das Telefon, dann ging er hastig zu seinem kleinen Zimmersafe in der Schrankwand, öffnete diesen und entnahm ihm ein unscheinbares, laminiertes Blatt Papier. Er platzierte sich wieder auf seinen Bürostuhl, bevor den Hörer erneut aufnahm. „Sie ist schon ganz verstaubt. Hoffentlich ist es nicht wieder eine Werbeveranstaltung von Coca-Cola. Aber nichts desto trotz: ich bin ganz Ohr."

Angesichts dieser Anspielung, die ihm vor einem Jahr einen Monat lang währenden Spott und Häme eingebracht hatte, nuschelte Harrington beleidigt eine Zahl in das Telefon. Die schmalen Augen von Damian Wincott tasteten die Zahlen auf dem Papier ab. Er schluckte nervös als er feststellte, welcher Vorgang sich dahinter verbarg. Den ruhigen Nachmittag konnte er definitiv vergessen.

*

Wie Wincott schnell herausbekam, war San Fuerte selbst für mexikanische Verhältnisse ein gottverlassenes Nest im weiten Nichts der Sierra Madre. Eine staubige und löchrige Piste, die von Coaxa, einem verschlafenen Dorf an der Fernverkehrsstraße, eine endlose Stunde lang Richtung Osten entlang der Eisenbahnstrecke in die Ödnis führte, erwies sich als einzige Zuwegung nach San Fuerte. Sie endete nach einem winzigen Abzweig nahezu übergangslos in der Wüste, wobei nicht ersichtlich war, ob die Schuld daran bei dem wehenden Wind lag, oder ob man die Straße vor Jahrzehnten einfach nicht weitergebaut hatte.

Fast direkt an dem Abzweig lag eine offensichtlich schon seit Jahren nicht mehr genutzte Tankstelle, während hinter dieser einige halb verfallene Holzhäuser und Schuppen aufgereiht an einem sanft ansteigenden Hang standen. Auf den ersten Blick gab es nirgendwo auch nur das geringste Anzeichen, dass hier noch Menschen wohnten.

Die zwei langsam fahrenden Geländewagen hielten neben den angerosteten Zapfsäulen an. Staub begann träge zurück auf den Boden zu sinken, die Motoren wurden abgestellt. Fünf Männer stiegen hustend und misslaunig aus den Fahrzeugen.

Wincott schirmte seine Augen mit der Hand gegen die Sonne ab und besah sich die Umgebung. Er schüttelte ungläubig und mit einem Anflug von Verzweiflung den Kopf. Ein anderer Mann namens Bob Kingsley nickte bestätigend: „Jip. Der Arsch der Welt. Kein Zweifel."

Unvermittelt öffnete sich die Eingangstür der Tankstelle. Eine einsame Gestalt löste sich aus dem Schatten. Sie verharrte einige Sekunden, bevor sie den Männern entgegen ging. Es war ein Mann. Er mochte sechzig oder siebzig

Jahre alt sein, aber er hatte einen erstaunlich leichten, mühelosen Gang. Sein Gesicht war gebräunt, zerfurcht und mit grauen Bartstoppeln bedeckt. Ein langer Mantel umhüllte ihn trotz der Hitze. Er trug einen altmodischen Hut mit zerfranster breiter Krempe, die seine Augen im Dunkeln ließ.

Wincott trat ihm einen Schritt entgegen.

„Ich bin Damian Wincott." Er klopfte sich etwas Staub von seinem Anzug. „Und Sie sind Manuel Morres, nehme ich an?"

„Torres. Manuel Torres, wie der Stier. Ja. Willkommen in San Fuerte", sagte der Mann ohne die geringste Ironie. Er verneigte sich knapp, machte jedoch keine Anstalten, einen der Männer mit Handschlag zu begrüßen. Stattdessen betrachtete er nachdenklich die beiden staubigen Geländewagen. „Sie sind schneller als ich dachte."

Wincott nickte ihm kurz zu. „Ja, mag sein. Ich bin der Verantwortliche für die Operation und von den Vereinigten Staaten bevollmächtigt, aber das wissen Sie ja. Ab jetzt läuft alles, was die Arbeit zu dem Fakt betrifft, nur noch mit meiner Zustimmung. Sind Sie damit einverstanden? Andererseits ... nun, ich denke, man hat Sie schon am Telefon darauf hingewiesen. Okay?"

„Ja, natürlich. Ich wüsste ohne Sie ohnehin nicht, was ich machen sollte."

„Sehr schön." Wincott nickte wohlwollend. "Kommen wir gleich zur ersten Frage: wer weiß noch davon? Wer weiß Bescheid über den Fakt und das wir hier sind?"

Der Angesprochene legte ein wenig den Kopf zur Seite. „Im Kühlschrank stehen kalte Getränke", sagte er anstatt einer Antwort. „Gehen wir doch in den Schatten, machen wir es uns bequem." Torres begann gemächlich zurück zu der Tankstelle zu gehen, wandte sich jedoch nach wenigen

Metern um. „Kommen Sie, Damian."

Verblüffung lag auf den Gesichtern der Männer, die die Worte gehört hatten. „Ihr habt es mitbekommen. Schafft die Geräte in den Schatten und checkt sie durch. Und nicht erst morgen. Victor, Sie geben mir Bescheid, wenn alles einsatzbereit ist", wies Wincott einen der anderen Männer säuerlich an und folgte dem Mexikaner.

*

Das Innere des kleinen, stark sanierungsbedürftigen Gebäudes bestand aus einem einzigen Verkaufsraum, in dem anscheinend wahllos platziert verschiedene Einrichtungsgegenstände herumstanden. Ein schief stehender Stapel Stühle staubte in der Ecke neben der Tür ein. Drei offene Spinde aus Metall standen schützend vor einer halb herausgeschlagenen Fensterscheibe, die jemand notdürftig mit einer Plastikfolie abgeklebt hatte. Leere Regale erzeugten den Eindruck eines Labyrinths, welches zu einem großen Stahltisch mit mehreren Schubladen und abgeblätterter Farbe führte. Eine Armlänge von dem Tisch entfernt befand sich ein riesiger, altmodischer Kühlschrank, der stockend vor sich hin brummte. Zwei kleine, dreckige Standventilatoren sowie ein rotierendes Etwas an der Decke mühten sich redlich aber mit mäßigem Erfolg, die Luft in der Nähe des Tisches angenehm kühl zu halten.

Der Mexikaner nahm seinen Hut ab, bevor er die Tür des Kühlschrankes öffnete. „Mineralwasser?"

Wincott streckte die Beine unter dem Tisch aus. „Ja, bitte", sagte er, mit einem Anflug von Erschöpfung in der Stimme. Er nahm die kalte Flasche dankend entgegen, wobei sein Blick voller Verwunderung auf deren Etikett fiel. „Perrier? Französisches Mineralwasser? Hier?"

„Sind Sie der Ansicht, Mexikaner wissen gute Dinge

nicht zu schätzen? Wenn Sie es genau wissen wollen, ich habe auch noch eine Tafel Schweizer Schokolade im Kühlschrank. Einerseits hat Schokolade in Mexiko eine lange Tradition, anderseits vertreibt sie hervorragend die langen einsamen Stunden hier draußen. Und gesünder als Tabak ist sie auch." Der Mexikaner trank in kleinen Schlucken glucksend aus seiner Flasche wie ein Kind, dass neugierig ist auf den Geschmack einer neuen Limonade.

Wincott verzog das Gesicht. Er hatte nie verstanden, wie jemand es bei diesen höllischen Temperaturen fertigbekam, sich Süßigkeiten in den Hals zu stopfen.

Sie schwiegen eine Weile, während Wincott emotionslos die Einrichtung des Raumes musterte. Schließlich drückte er die Flasche an seinen Bauch und nickte, als hätte er einen Entschluss gefasst. „Okay, weihen Sie mich ein."

Sein Gegenüber sah zum Fenster hinaus, während er sprach. „Ist nicht viel dran an der Geschichte. Gonzales kam in mein Büro, informierte mich und verschwand wieder. Das hat eine Minute gedauert. Er hat eine sehr trockene und sparsame Art, Wörter zu verwenden."

„Wann war das?"

„Vor vier Tagen. Kurz nach dem Frühstück."

„Kurz nach dem Frühstück!? Vor vier Tagen!?", wiederholte Damian Wincott den Satz ungläubig. „Wieso haben dann erst gestern angerufen und nicht schon eher?"

„Was denken Sie denn, wie oft ich hier her komme? Ich hielt es für sicherer, mich erst von den Tatsachen zu überzeugen, bevor ich Ihre Behörde aufwecke. In Mexiko gibt es keine dafür zuständige Stelle. Zumindest keine, die so etwas ernst nimmt, denn man hat mich abblitzen lassen. Und stellen Sie sich vor, was ich mir hätte anhören müssen, wenn Ihr Weg nach San Fuerte umsonst gewesen wäre." Torres trank wieder glucksend.

„Wer ist dieser Gonzales?“

„Mehr oder weniger ein Rumtreiber. Er bezeichnet sich selbst gern als Indianer.“ Torres lehnte sich zurück und lächelte milde.

Wincott stellte knallend seine Flasche auf den Tisch. „Hören Sie, Torres, wir reden hier womöglich von der Landung einer außerirdischen Zivilisation! Es geht nicht nur um die nationale Sicherheit von Mexiko! Ich habe weder Zeit noch Nerven, mir irgendwelche Geschichten von Indianern anzuhören! Was ich brauche sind Fakten!“

Wieder lächelte der Mexikaner verhalten. „Ich kann es nicht ändern. Die Vorfahren von Gonzales waren in der Tat Indianer. Ich kann ihm schließlich nicht verbieten, das hin und wieder zu erwähnen.“

„Okay, okay, ich akzeptiere Ihre ethnologischen Kenntnisse. Gonzales ist der letzte lebende Inka oder Maya in diesem Gebiet. Von mir aus. Aber schaffen Sie ihn heran. Und zwar baldigst!“

„Warum ich?“

Wincott stützte resignierend seinen Kopf ab. „Sehe ich so aus, als würde ich Gonzales kennen? Von mir aus geben Sie mir seine Handynummer, dann erledige ich das!“

„Ich wüsste nicht, dass er ein Handy benutzt.“

„Wo wohnt der Kerl?“

„Das wird Ihnen wenig bringen. Gonzales ist wie ein Irrlicht, mal ist er zu sehen, mal nicht. Die Chance, dass Sie ihn zu Hause antreffen, tendiert gegen Null, wenn man das überhaupt so sagen kann.“ Er wartete die nächste Frage Wincotts nicht ab. „Seinerseits besteht nicht das geringste Interesse daran, sich ausfragen zu lassen. Er ist nicht dumm. Er weiß, dass man ihm bei so einer Nummer auf den Pelz rückt. Und glauben Sie mir, wenn er nicht gefunden werden will, finden Sie ihn auch nicht.“

Wincott beugte sich mit verschränkten Armen über den Tisch. „Darüber reden wir noch, über Ihren Indianer." Seine Stimme war frostig. „Wichtig ist für uns, was genau er zu Ihnen gesagt hat."

Torres drehte seine Flasche in der Hand ungeschickt hin und her. „Er hat gemeint, im Olteken- Canyon stünde ein Ufo."

„Er hat gesagt, im Olteken-Canyon steht ein Ufo? Mehr nicht? Ernsthaft?"

Der Mexikaner rief ärgerlich: „Was wollen Sie denn noch? Natürlich hat er zugesehen, dass er dort wegkommt."

„Hat er von der Größe gesprochen? Oder gesagt wie es aussieht? Hat er irgendwelche Lebewesen beobachtet? Wenn ja, wie sehen sie aus? Und so weiter, Torres." Wincott lehnte sich wieder zurück und versuchte, seine Anspannung zu verbergen.

„Das Ufo ist blau." Torres sah nachdenklich zur Decke. „Hat er blau gesagt? Ja, im Olteken- Canyon steht ein blaues Ufo. Und es wäre wohl nicht besonders groß. So war das." Er sah seinen Gegenüber an und fügte hinzu: „Trösten Sie sich, Gonzales weiß auch nicht mehr, als ich gesehen habe. Es ist blau und für ein außerirdisches Flugobjekt nach irdischen Vorstellungen irgendwie recht klein. Glauben Sie mir."

„Das ist nicht ganz das, was wir an Zusammenarbeit erwartet haben." Wincott schlug unzufrieden mit einer Hand auf seinen rechten Oberschenkel und erhob sich. „Nun gut, wir werden einen Hubschrauber kommen lassen."

Der Mexikaner lächelte hintergründig. „Das glaube ich nicht. Der Olteken-Canyon ist als alte Kultstätte eingestuft, mit Felszeichnungen und allem Drum und Dran. Außerdem ist das ganze Gebiet hier Naturreservat, auch wenn das vielleicht für Sie nicht so aussieht. Sie dürfen laut mexikanischen Bundesgesetz nicht ohne Erlaubnis der zuständigen Behörde in einem Naturreservat herumfliegen.“

„Glauben Sie denn, dass mich das interessiert? Ich vertrete die Vereinigten Staaten von Amerika. Schon vergessen, Torres?“ Damian Wincott griff mit einer geübten Bewegung in seine Jackentasche und legte einen Ausweis auf den Tisch.

Torres ignorierte das Dokument. „Ich bin für dieses Gebiet zuständig, ich bin sozusagen die regionale Behörde. In dieser Eigenschaft lehne ich es ab, Sie hier herumfliegen zu lassen, mit was auch immer. Nehmen Sie es ist nicht persönlich, Damian.“

„Aber nein, wie komme ich denn dazu? Ihnen ist doch klar, dass diese Entscheidung auf Regierungsebene ausgehandelt wird?“

„Ja, bitte, nutzen Sie die offiziellen Behördenwege. Bis es zu einer Einigung kommt, sind Ihre Freunde aus dem All vielleicht schon wieder weg.“ Der Mexikaner schnipste lässig mit den Fingern. „An Ihrer Stelle würde mich mit einem Jeep in Bewegung setzen in Richtung Olteken-Canyon. Vergessen Sie Gonzales.“

„Vielleicht haben Sie recht, Torres“, räumte Wincott nach einer Weile ein. „Wir packen nur noch das Nötigste zusammen.“

„Glauben Sie denn, dass Sie den Weg in den Canyon finden?“

Wincott verstaute seinen Ausweis wieder in der Tasche. „Wir haben Satellitenfotos von der NASA, Torres. Vielen Dank.“

„Dann ist gut. Die werden Ihnen sicher im Tectanatl-Labyrinth eine Menge helfen. Nebenbei gesagt dürfen Sie die Kultstätte auch nur mit autorisierter Begleitung besuchen.“

Ein schiefes Lächeln erschien auf Wincotts Gesicht. „Ich habe Sie schon verstanden. Wir benötigen einen einheimischen Führer. Dann essen Sie mal noch ein Stück Schokolade als Wegzehrung. In fünf Minuten ist Abfahrt.“

*

Damian Wincott musste sich eingestehen, dass die Qualität von Manuel Torres als Scout entschieden zu ihrem zügigen Vorankommen beigetragen hatte. Nach einer knappen Stunde Fahrt auf der holprigen Piste erreichte die Gruppe den Eingang des Canyons, einen Sandsteinbogen, den die Natur wie ein halbrundes Tor geformt hatte. Ein leichter Wind wehte den Sand in Schlieren durch die Öffnung in die Schlucht hinein, verteilte ihn sacht in Nischen und Winkeln.

Der Durchgang war zu schmal für die Geländewagen.

Die Männer stiegen aus den Fahrzeugen und luden sich die notwendigsten Geräte auf. Sie waren, Torres eingeschlossen, zu viert, denn Victor Krumov und David McAllister waren zur Sicherheit in San Fuerte geblieben.

Nach fünfzehn Minuten schweigendem Fußmarsch im Zwielicht der Schlucht öffnete sich hinter einer Biegung unvermittelt der Engpass zu einem Kessel.

Die Männer verhielten, langsam öffneten sich ihre Münder, während ihre Augen sich ungläubig weiteten.

Vor ihnen stand das Raumfahrzeug.

Es war wirklich blau, ein dunkles Blau mit einigen grauen und schwarzen Schlieren darin. Doch nicht nur das verwirrte die Männer, denn sowohl die Größe als auch die Form entsprach in keiner Weise den Vorstellungen, die Damian Wincott und die anderen mit dem Aussehen eines

Ufos verbunden hatten.

Das Ding war mit so vielen Vorsprüngen, abstehenden Teilen und auskragenden Elementen versehen und mit diesem verschachtelten Äußeren so weit von jeglicher Stromlinienform entfernt, dass sich Wincott wunderte, dass es überhaupt fliegen konnte. Aber offensichtlich hatte es das vor nicht allzu langer Zeit einmal getan.

Außerdem war es klein. Zu klein, um wirklich gefährlich zu sein. Es mochte ungefähr acht Meter im Durchmesser sein - obwohl es genaugenommen nicht rund war - und zwei Meter hoch.

Wincott sah sich nach Torres um. Dieser saß etwas abseits im Schatten auf einem Stein und beobachtete die Männer, die die Gerätschaften aufbauten. Wincott ging zu ihm. „Steht es noch an derselben Stelle?"

Torres wiegte unschlüssig den Kopf hin und her. „Ich glaube schon." Er nagte unschlüssig an seiner Unterlippe. „Was halten Sie davon?", fragte er schließlich.

„Hat Gonzales sich dazu geäußert, dass es *so* aussieht?", war Wincotts Antwort.

„Ich habe Ihnen doch schon erzählt, was er gesagt hat. Gonzales sprach nur von einem blauen Ufo im Olteken-Canyon." Er nahm einen kleinen Stein, um ihn zwischen seinen Händen hin und her zu rollen. Dabei sah er seinem Gegenüber abwartend in die Augen.

Wincott betrachtete die langsam rotierenden Hände. „Wie ist er überhaupt hierhergekommen, Ihr Gonzales? Der nächste Ort ist zu Fuß mindestens zwei Stunden entfernt. Und was hat er hier gewollt? Der Canyon ist eine Sackgasse. Und es klang auch nicht so, als hätte er das Ufo von oben gesehen."

„Ich denken auch nicht, dass er es von oben gesehen hat. Der Olteken-Canyon ist im Prinzip ein einzeln stehender gigantischer Felsbrocken mit steilen Seitenwänden, der in der Mitte gerissen ist. Es gibt nur ein oder zwei Pfade, die hinauf führen. Sie sind sehr schwierig, und ohne zwingenden Grund macht das in der Hitze kein Mensch. Nicht einmal ein Indianer. Aber warum er in den Canyon gegangen ist ..." Er ließ den Stein aus der Hand rollen, schlug die Hände auf die Knie und stand auf. „Ich weiß es nicht, Damian."

Er wies auf die arbeitenden Männer und wandte sich wieder an Wincott „Was tun Ihre Leute gerade?"

„Sie bereiten das Scannen des Ufos vor. Die Daten senden wir via Satellit in das Hauptquartier zur Auswertung. Wahrscheinlich werden wir dann beginnen, Materialeigenschaften zu untersuchen. Ein paar gezielte Frequenzen, ein bisschen Resonanz, ein paar Berechnungen und Analysen, schon wissen wir mehr."

Der Mexikaner hob überrascht eine Augenbraue. „So, so. Es interessiert Sie demnach weniger, ob Lebewesen in dem Ding sind?"

„Doch, aber alles zu seiner Zeit, Torres." Wincott lachte kurz. „Es ist immer schlauer, schon ein paar Informationen in der Hand zu haben, bevor man den Kontakt sucht. Zum Beispiel, wo das Antriebssystem sitzt. Das blaue Ding ist zwar nicht gerade das, was ich mir als interstellares Fortbewegungsmittel einer außerirdischen Zivilisation vorgestellt habe, aber das spielt keine Rolle." Sein Tonfall wurde dozierend. „Sicherheit zuerst, lautet das Credo. Und genau so wird es auch gehandhabt. Ohne Abweichungen, Experimente oder Eigenmächtigkeiten. Außerdem, wenn wir Glück haben und auf das richtige Material treffen, können wir so feststellen, ob sich Lebensformen darin befinden. Vorausgesetzt, sie sind organisch."

„Sehr schön", antwortete ihm Torres mit einem Anflug

von Spott in der Stimme. „Dann machen Sie mal. Wie lange werden Sie denn voraussichtlich noch benötigen bis, nun ja, bis Sie sich zum ersten Mal mit einem Außerirdischen unterhalten?"

Wincott verschränkte die Arme vor der Brust. „Warum nur habe ich den Eindruck, dass Sie der ganzen Sache nicht das richtige Gewicht beimessen?" Er sah nach unten und stieß mit dem Fuß einen Stein beiseite. Dann hob er gereizt und fragend den Blick zu Torres.

„Oh, Damian, es tut mir leid. Ich wollte Ihnen nicht auf der Seele herumtrampeln oder gar Ihre Autorität untergraben. Selbstverständlich nehme ich die Angelegenheit ernst. Aber ich betrachte das Ereignis natürlich aus einem anderen Blickwinkel als Sie. So ist das nun einmal."

Wincott brummte unzufrieden. Er wischte sich mit dem Handrücken über die Stirn und rieb sich danach mit der anderen Hand am Kinn. „Wissen Sie, es klingt immer so großartig in Filmen oder Büchern, wenn von einer fiktiven Begegnung berichtet wird. Ehrlich gesagt, ich hasse diesen Schwachsinn. Die Männer hier sind Wissenschaftler. Geschulte und hochspezialisierte Leute. Sie tragen genau wie ich eine Menge Verantwortung." Er ließ eine kleine Pause. „Vielleicht die Verantwortung für den Erhalt des ganzen Planeten oder die Zukunft der Menschheit. Aus diesem Grund, Torres, ist mir Ihre Reaktion einigermaßen unverständlich. Was Sie für eine Sicht auf die Dinge haben, spielt dabei für mich überhaupt keine Rolle. Ich kann Sie auch zurückbringen und festsetzen lassen. Und sämtliche mexikanische Gesetzte sind mir dabei egal, darauf können Sie sich verlassen!" Er wandte sich abrupt seinen Männern zu und ließ den Mexikaner stehen.

Torres kratzte sich nachdenklich am Kinn und hörte auf das dabei entstehende schabende Geräusch, während er dem Amerikaner hinterher sah. Dann setzte er sich wieder auf den Stein im Schatten und betrachtete seine Hand. Die Arme hinter seinem Nacken verschränkt lehnte er sich schließlich mit geschlossenen Augen an die Felswand, als würde er schlafen.

*

Damian Wincott hatte die Schritte des Mannes nahen hören, bevor dieser fragte: „Sind Sie vorangekommen?"

„Es kommt darauf an, was Sie unter vorangekommen verstehen, Torres - immerhin ist Ihr Blickwinkel ein ganz anderer", antwortete er bissig.

„Gut, ja, ich entschuldige mich. Keine Ironie mehr meinerseits. Versprochen."

Wincott schwieg. Die Augen mit der Hand abgeschirmt, als hätte er die Worte des Mexikaners nicht gehört, sah er hinüber zu Bob Kingsley, der auf der anderen Seite des Kessels stand, das blaue Ufo betrachtete und ein Gerät auf ein Stativ montierte.

Torres folgte seinem Blick. „Halten Sie die schwarzen Zeichen darauf für Schrift oder für Kunst?"

Der Amerikaner nahm die Hand herunter und wandte den Kopf langsam zu Torres. „Schwer zu sagen", meinte er dann nach einer Weile „ob es eine Schrift ist. Sie kommt vom Aussehen her der japanischen am Nächsten. Wenn es Kunst sein soll, was wohl eher unwahrscheinlich ist, haben wir wohl überhaupt keine Chance."

Torres vergrub die Hände in den Manteltaschen, als würde er frieren. „Interessant. Auf die Idee mit der japanischen Schrift bin ich überhaupt nicht gekommen. Aber jetzt, wo Sie es sagen ..."

Wincott brachte ein kleines schmales Lächeln zustande. „Unsere Linguisten sitzen bereits eine ganze Weile vor den

Aufzeichnungen und versuchen einen Sinn zu entdecken."

„Und?", fragte der Mexikaner gedehnt, mit Neugier in der Stimme.

„Was denken Sie denn? Nichts - und." Wincott winkte ab.

Torres wiegte den Kopf hin und her. „Selbst wenn es Buchstaben sind: Vielleicht ist es gar nicht so wichtig, was da geschrieben steht? Vielleicht ist es nur ein Name, so wie bei normalen Schiffen. So wie `Queen Elisabeth´?"

Wincott wollte gerade zu einer Erwiderung ansetzen, als ihnen Doug Williams von der andern Seite des Kessels heftig gestikulierend Zeichen gab. Wincott winkte zurück, und gemeinsam gingen sie, sorgfältig darauf bedacht, die Verbindungslinie zwischen den Messpunkten nicht zu stören, um das blaue Raumschiff herum auf Williams zu.

„Sehen Sie den kleinen einzelnen Quader, links neben diesen merkwürdigen Dreiecken?"

Wincott und Torres nickten bejahend, während sich Bob Kingsley ebenfalls zu ihnen gesellte. „Er bewegt sich. Er wird ein- und ausgefahren. Da, sehen Sie!?"

„Zeichnen Sie es auf, Doug." Wincott hatte unwillkürlich die Stimme gesenkt.

„Läuft schon", antwortete der Angesprochene kurz und ebenso leise.

Der Quader, wie der Flugkörper mit einem blauen Anstrich versehen, hob und senkte sich in regelmäßigen Abständen. Soweit die Männer beobachten konnten, war es die einzige Bewegung an dem Raumschiff. Gebannt starrten sie darauf. Nach einigen Minuten schließlich blieb der Quader eingezogen. Die Männer verharrten noch eine Weile, doch weiter geschah nichts.

Kingsley flüsterte etwas Unverständliches.

Wincott wischte sich mit einer hastigen Bewegung den

Schweiß von der Stirn.

Der Mexikaner, der hinter den Männern stand, nahm die Hände aus den Taschen seines Mantels und zog seinen Hut tiefer in die Stirn.

*

Es war dunkel geworden.

Die Männer hatten noch verschiedenen Geräte positioniert, eine Richtfunkstrecke aufgebaut und sich dann auf den Rückweg nach San Fuerte gemacht.

Ein kleines offenes Feuer brannte etwas abseits der zwei Zelte, die mittlerweile von McAllister und Krumov in fast einhundert Meter Entfernung von der Tankstelle unter einem großen, schattenspendenden Baum aufgebaut worden waren.

Sie aßen einige der am Vormittag gekauften Snacks und vorgefertigten Tortillas, aber von Lagerfeuerromantik war nichts zu spüren. Während ihrer Arbeit hatten sie die unfassbaren Gedanken, vielleicht als erste Menschen dem Produkt einer außerirdischen Zivilisation gegenüberzustehen, erfolgreich verdrängen können. Aber jetzt fiel die Anspannung von ihnen ab, sie ließen ihren Gedanken freien Lauf obwohl sie natürlich wussten, dass ihre Spekulationen keinerlei Nutzen haben würde.

Mit zunehmender Dunkelheit begann sich die Kälte in ihren Gliedern festzusetzen. Nach und nach verließen die Männer das Lagerfeuer, sie krochen in ihre Schlafsäcke um zu schlafen.

Nur Torres saß noch am Feuer. Es mochte eine Stunde vergangen sein, seit McAllister als letzter den Kampf gegen die Kälte und die Müdigkeit verloren, die Flasche Tequila zugeschraubt und ihm eine gute Nacht gewünscht hatte. Ab und an stocherte der Mexikaner mit einem langen Stück Holz in der Glut und sah den auffliegenden Funken hinterher.

„Sie sind wohl gar nicht müde?"

Torres schien nicht überrascht zu sein. „Ich denke nach, Damian."

„Störe ich Sie?"

„Nein. So war das nicht gemeint. Setzen Sie sich." Torres zog einen neben ihm stehenden Klapphocker näher an das Feuer.

Wincott setzte sich zu dem Mexikaner und legte sich eine Decke um die Schultern. Sie schwiegen eine Weile. „Denken Sie an das Raumschiff?"

Torres lachte kurz. „Nein. Ich denke über Sie nach. Darüber, was Sie wohl tun werden, wenn Sie feststellen, dass sich in dem Raumfahrzeug niemand befindet."

„Woher wollen Sie wissen ...?"

„Natürlich weiß ich es nicht. Es ist nur eine Vermutung." Torres stocherte wieder im niedergebrannten Feuer. „Das Ding steht seit mindestens fünf Tagen dort. Wer auch immer es hierher geflogen hat, glauben Sie wirklich, die Besatzung sitzt seitdem da drin und wartet, was passiert? Und die nächste Frage ist doch: warum landen sie an dieser Stelle, so weit weg von jeglicher Zivilisation? Warum landen Sie nicht auf dem Paradeplatz in Mexiko-City? Oder auf einem Parkplatz in Manhattan oder vor dem Pentagon? Warum hier, in aller Heimlichkeit?"

„Eine gute Frage. Vielleicht wollen sich in aller Ruhe akklimatisieren oder so?" Wincott gähnte, bevor er noch einige Zentimeter näher an die Glut heranrückte. „Vielleicht warten Sie auf die Verstärkung? Ich fürchte, darauf gibt es tausend Antworten."

„Wenn ich raten müsste würde ich sagen, sie lassen es langsam angehen. Zum Anfang ein paar vorsichtige Kontakte, um die ersten Befindlichkeiten der Zweibeiner zu checken, sozusagen um ein Gefühl für die Bewohner dieses Planeten zu bekommen. So zumindest würde ich es machen. Denn wenn es erst in der Presse steht, nun ja, dann sind die normalen Gespräche mit Einheimischen wohl vorbei."

„Setzen Sie da nicht zu viel menschliche Denkweise voraus?", unterbrach ihn Wincott.

„Warum sollten andere Zivilisationen nicht genauso denken?", widersprach ihm der Mexikaner. „Das sie sich die Erde herausgesucht haben, ist sicherlich kein Zufall. Vielleicht ähnelt er ihrem eigenen Habitat. Ähnliche Planeten, ähnliche Denkweise."

„Das mag sein, aber es ist und bleibt Spekulation. Und auf Grund der ungewöhnlichen Situation kann ich mit Annahmen nicht arbeiten. Im Prinzip ist es auch egal, ob sich morgen herausstellt, dass das Raumschiff leer ist oder nicht. Wenn unsere Messungen bestätigen dass es nicht um eine gut gemachte Fake-Aktion handelt, werden wir auf jeden Fall die Verstärkung holen."

Torres zerbrach den Stock und warf ihn in die Glut. „Also werden Sie nicht warten, wie sich die Dinge entwickeln?"

„Nein. Selbst wenn ich Ihre Variante akzeptiere: dass Raumschiff ist echt und es sitzt niemand drin. Wie Sie schon sagten besteht dann eine erhöhte Wahrscheinlichkeit, dass die Kerle hier irgendwo herumspringen. Auch wenn sie angesichts der Abmessungen des Raumschiffes nicht besonders groß sein können, wir wissen nicht, was die vorhaben. Vielleicht setzten sie einen Virus aus? Oder bauen eine richtig fiese Waffe zusammen? Verstehen Sie, die Angelegenheit ist viel zu wichtig, als das wir das Heft des Handelns aus der Hand geben könnten und abwarten."

„Klingt ein wenig paranoid. Als hätten Sie zu viele schlechte Filme darüber gesehen." Der Mexikaner musterte Wincott von der Seite.

„Es ist mein Job, die Dinge so zu sehen."

„Sie sind also derjenige, der darüber entscheidet, wie es hier weitergeht?"

„Ich? Nein! Was dachten Sie denn, was wir hier machen?", begann Wincott erneut. „Streng genommen sind wir fünf nur die verzichtbare Vorhut. Wir sind nur hier, weil es schnell gehen sollte, bevor die Chinesen oder sonst irgendwer Wind von der Sache bekommen. Wer zuerst kommt, mahlt zuerst. Sobald wir unser Okay geben, setzt unsere Regierung zusammen mit Ihrer einige Dinge in Bewegung. Ob sie es glauben oder nicht, selbst für so etwas gibt es ein Ablaufprotokoll."

„Vermutlich kommen Sie dann doch mit Hubschraubern und Panzern einer Sicherheitseskorte und gehen die Sache streng militärisch an."

„So in etwa, ja."

Der Mexikaner erhob sich träge und winkte ab. „Ich weiß nicht", sagte er, „vielleicht verpassen Sie dadurch eine Chance." Er ging langsam in Richtung der Tankstelle.

„Wie meinen Sie das, Torres? Was für eine Chance?", rief ihm Wincott hinterher.

„Eine angenehme Nacht, Damian", kam es als Antwort aus der Dunkelheit.

*

„Es ist idiotisch. Wir haben auf allen Wellenlängen Signale ausgesandt. Hochfrequenz. Niedrigfrequenz. Gepulst. Nicht gepulst. Infrarot. Ultraschall. Wir haben mit den Piktogrammen von Pioneer 10 gearbeitet. Wir haben das ganze verdammte hochwissenschaftliche Programm nach

Phase Eins abgespult. Vor und zurück. Nichts. Absolut nichts. Fast hätten wir uns davorgestellt und gewinkt oder Plakate hochgehalten." Kingsley wischte sich den Schweiß von der Stirn. „Das Einzige was wir haben sind ein paar dürftige Analysen aus dem Hauptquartier, die gerade an Doug übermittelt wurden." Er deutete auf Williams, der drei Meter entfernt an einem Laptop saß und schrieb. Dieser sah auf, als sein Name genannt wurde.

„Und?" Wincott hob ungeduldig und erwartungsvoll die Hände in dessen Richtung.

Doug Williams schloss bedächtig den Deckel seines Computers. „Ich bin mir nicht sicher, was hier die gute und die schlechte Nachricht ist. Auf jeden Fall ist das Ding, unter Berücksichtigung der veränderten Atomgitterstruktur, mit absoluter Sicherheit echt." Er grinste schief. „Allerdings befinden sich nach jetzigen Erkenntnissen keine messbaren organischen Substanzen an Bord."

Die Männer schwiegen und sahen Wincott abwartend an, der auf einen imaginären Punkt vor seinen Füßen stierte.

Kingsley räusperte sich. „Damian. Ist alles in Ordnung?"

Wincott fuhr zusammen und blickte auf. „Ja, klar. Ich dachte nur gerade über Denkweisen nach." Er bemerkte die verständnislosen Blicke seiner Kollegen und gab sich einen Ruck. „Okay, was hat der General dazu gesagt?"

„Die Kavallerie ist bereits unterwegs", antwortete Victor Krumov ruhig, „und sie hat mit Sicherheit mehr Technik dabei, als wir je benötigen werden."

*

Wincott betrat den Verkaufsraum der Tankstelle. Das Erste was ihm auffiel, war die gespenstische Ruhe.

Die Ventilatoren standen still. Der Kühlschrank hatte

offenbar seinen Dienst eingestellt und aufgehört zu brummen. Es war drückend warm.

Torres saß auf seinem Platz am Fenster und sah hinaus. „Wann wird sie denn hier sein, Ihre Verstärkung?" Seine Stimme schien von weit her zu kommen und wieder ein wenig spöttisch zu sein. Er drehte sich zu Wincott herum, der auf der anderen Seite des Tisches stand.

Wincott wischte mit einer langsamen Handbewegung einige nicht existierende Krümel vom Tisch.

„Nach Anbruch der Dunkelheit, denke ich. In fünf oder sechs Stunden." Er atmete geräuschvoll ein. „Dann wird das Gebiet sofort weiträumig abgesperrt. Die Luftwaffe wird auf Abruf bereit stehen und das Militär wird das Zepter schwingen. Mit einiger Wahrscheinlichkeit transportieren sie das Raumschiff in irgendeinen Hangar, unter der höchstmöglichen Geheimhaltungsstufe, aber mit viel Tamtam. Auf jeden Fall: Mit der Gemütlichkeit ist es vorbei."

Der Mexikaner nickte bedächtig, als hätte sich etwas bestätigt, was er schon längst vermutet hatte. „Ich werde dann nicht mehr hier sein", sagte er langsam.

Wincott verschränkte die Arme vor der Brust. „Ich habe so etwas geahnt. Der Kühlschrank. Die Ventilatoren. Warum noch Energie verschwenden? Obwohl ich mich schon die ganze Zeit wundere wie es kommt, dass Sie hier überhaupt Strom haben. Ich bin heute früh ein bisschen in dem Kaff herumgestiefelt: San Fuerte ist tot, völlig unbewohnt. Auch die Tankstelle ist doch seit mindestens fünfzehn Jahren nicht mehr in Betrieb, wenn ich mir die Tanksäulen ansehe. Wo also zapfen Sie die Energie ab?""

Ein mattes Lächeln erschien auf Torres braungebranntem Gesicht. „Man muss sich nur zu helfen wissen, Damian. Wenn Sie sich der Mühe unterziehen und dem Kabel vom Stromkasten der Tankstelle aus nachgehen, kommen Sie in eines der noch halbwegs intakten Häuser. Sie sehen dann schon, was ich meine." Er zog seinen Hut ein wenig tiefer in die Stirn und seufzte. „Ich habe Ihnen in die oberste Schublade zwei Luftbilder vom Reservat gelegt, die Ihnen eventuell besser gefallen als der Kram von der NASA. In den anderen Schubladen liegen noch einige Papiere, die für Sie vielleicht ebenfalls ganz interessant sind."

Er schlug mit der flachen Hand sanft auf den Stahltisch, erhob sich und schob den Stuhl wieder ordentlich an seinen Platz. Dann ging er zur Tür.

Auch Wincott war aufgestanden. „Warten Sie. Wer holt Sie von hier ab? Ist es dieselbe Person, die Sie hierher gefahren hat? Sie wissen doch, es besteht Schweigepflicht."

Der Mexikaner ergriff die Klinke der Tür und wandte sich um. „Niemand hat mich hierher gefahren, genau so wenig, wie mich niemand abholt. Außerdem bin ich gut zu Fuß und kenne ein paar Schleichwege." Er kratzte sich am Kinn. „Sie können unbesorgt sein: Ich werde es keinem Menschen erzählen. Leben Sie wohl, Damian Wincott."

Mit einem leisen Klicken fiel die Tür ins Schloss.

*

Victor Krumov und Doug Willams - die anderen beiden Männer arbeiteten noch im Olteken-Canyon - hatten Damian Wincott den Hang emporsteigen und in einem der maroden Häuser verschwinden sehen.

Sie zuckten mit den Schultern. Nicht alles, was Wincott tat oder sagte, war sofort verständlich, und sie hatten genug damit zu tun, die Zelte abzubauen und die Geräte wieder in dem Jeep zu verstauen. Das Militär würde sowieso jegliche herrschende Ordnung nach eigenen Maßgaben verändern, ob dies nun sinnvoll war oder nicht.

Sie waren so in ihre Arbeit vertieft, dass sie Damian Wincott, der plötzlich trotz der sengenden Hitze den Hügel zurück zur Tankstelle gerannt kam, nicht bemerkten.

Doch sie hörten das Piepsen der Videosprechanlage. Diese war so installiert worden, dass sie den gesamten Kessel des Olteken-Canyons optisch erfasste und jederzeit den Blick auf das Raumschiff ermöglichte.

Es war nicht Bob Kingsleys verzerrte Stimme, die sie sprachlos machte, sondern die Tatsache, dass der Canyon bis auf zwei hilflose Menschen, ein paar Messgeräte und einige Felszeichnungen leer war.

*

Wincott war sich nicht sicher, ob er einen Herzinfarkt davon bekommen würde, dass er so schnell gelaufen war oder von der Aufregung darüber, was er soeben in dem Haus gesehen hatte, in dem das Stromkabel von der Tankstelle endete.

Das dünne Kabel verschwand nahtlos in einem runden Ball, der einfach so auf dem Fußboden lag. Dieser war dunkelblau mit einigen grauen und schwarzen Schlieren darin und so groß wie eine Bowlingkugel. Es gab daran keine Knöpfe, Tasten, Symbole oder Erklärungen.

Wincott war zurück in den Verkaufsraum der Tankstelle gestürzt, hatte die Schubladen des Stahltisches aufgerissen und sie durchwühlt. In der obersten lagen zwei Luftbildaufnahmen. Eine davon mochte aus zwei Kilometern Höhe aufgenommen sein, die andere fast direkt über dem Olteken-Canyon. Erste nach einigen Sekunden registrierte er, dass sich die Perspektiven und Detailgenauigkeiten veränderten, wenn man das Bild bewegte.

Einer Schublade tiefer lag ein Blatt Papier, auf dem Zeichen gemalt waren, die mit denen auf dem Raumschiff exakt übereinstimmten. Jeweils daneben stand, mit einer sauberen Handschrift geschrieben, eine Erklärung. Zur einen Hälfte in englischer Sprache und zur anderen Hälfte in einer Sprache, die mit Sicherheit auf der Erde nicht existierte.

Ein weiteres Blatt war mit Formeln übersät, die er nicht verstand.

Fassungslos hielt Damian Wincott die Papiere in den Händen, während seine Gedanken Achterbahn fuhren. Einer Eingebung folgend, riss er die Tür des Kühlschrankes auf. Neben dem französischen Mineralwasser entdeckte er zwei Tafeln Schweizer Schokolade, eine Flasche chilenischen Weißwein, eine Flasche teuer aussehenden Whiskey und einige winzige Kugeln, die nach Trüffel rochen. Seine weitere Bestandsaufnahme wurde durch das Klingeln seines Funktelefons gestört. Bob Kingsley hatte Neuigkeiten.

*

Krumov und Williams sahen von den zusammengepackten Kisten auf und blickten verwundert zu dem Tankstellengebäude hinüber. Aus diesem drang ein lautes und immer wiederkehrendes Lachen, das so gar nicht zu ihrer vertrackten Situation passte.

Kingsley hatte ihnen gesagt, das Raumfahrzeug wäre urplötzlich, ohne erkennbaren Antrieb und ohne Schaden anzurichten, gestartet. McAllister würde unter Schock stehen. Nein, es gab nichts zu Lachen. Der General würde ihnen Unfähigkeit vorwerfen, sie mit der Spesenrechnung des Militärs ohrfeigen und möglicherweise suspendieren lassen.

Fluchend packten sie ihre Geräte in den Geländewagen.

Sie schwitzen, denn der Himmel über ihnen war wolkenlos und strahlend blau. Obwohl sie es nicht wahrnahmen, lag eine sinnliche Freundlichkeit in der Luft, wie ein betörende, flüchtiges Parfüm einer unvergleichlich schönen Frau, das jedoch auf ewig in der Erinnerung weiterleben wird.

Und dann war noch Damian Wincotts nicht enden wollendes Gelächter, welches ein leichter Wind scheinbar mühelos über die Berge und Ebenen der Sierra Madre wehte.

Weiter, und immer weiter.

Der fremde Klang

Er erinnerte sich an den Tag seiner Geburt.

Als erstes hatte er die Wärme wahrgenommen. Die Raumtemperatur betrug dreiundzwanzigkommafünfsieben Grad Celsius. Das war warm, gemessen an der Durchschnittstemperatur des Universums, aber vollkommen unbedenklich.

Dann roch er den Schweiß, vermischt mit Sauerstoff und mehr als zweiundfünfzig weiteren Verbindungen. Er hörte Schritte, Rascheln von Kleidungsstücken und Stimmen. Die feinen Geräusche technischer Apparaturen.

Dann schlug er die Augen auf. Er würde nie wieder blind sein. Er konnte die Geräusche zuordnen. Hände schlugen gegeneinander. Noch ehe der Schall von den Wänden zurückgeworfen wurde wusste er, dass es Menschen waren, die auf diese Art und Weise Beifall bekundeten. Beifall als Ausdruck der Freude. Freude als Reaktion auf Emotionen. Emotionen als Widerspieglung von Gefühlen. Gefühle als Ergebnis chemischer Abläufe in menschlichen Körpern, in Verbindung mit Erinnerungen. Weiter war er nicht gekommen.

Draußen musste Herbst gewesen sein.

Zwei orangerote Blätter hatten auf der steinernen Fensterbank gelegen und sich kaum merklich bewegt, als wären sie neugierig auf das, was hinter der durchsichtigen Fensterscheibe geschah. Er durchdachte die Variante, ob es auch hätte ein Liebespaar sein können, dem ewigen Wind in Gleichmut ergeben und vielleicht auf einer Hochzeitsreise ins Irgendwo.

Es gab so viele Möglichkeiten, die Dinge zu betrachten.

Er war intelligent. Während der Reise hatte er sich Geschichten ausgedacht. Unendliche Geschichten, die keinen

Anfang hatten und kein Ende kannten. Geschichten über Menschen und Planeten und das Universum. Varianten der Besiedlung.

Willkommen auf Colony, mit seinen fruchtbaren Ebenen, den klaren Ozeanen, der fast schon irdischen Atmosphäre. Ein perfekter kleiner Planet ohne jegliches tierisches Leben, der nur darauf wartete, besiedelt zu werden.

Die Stadt der Menschen lag, geschützt und eingebettet zwischen grünen Hügeln, in einem Tal. Von seinem Standort aus, an einem dieser Hügel und dreihundert Metern über der Ebene Null, ließ sich die Stadt hervorragend überblicken.

Es war nach Einschätzung der Ingenieure der sicherste Platz für ihn. Nach seinen Berechnungen traf dies nicht zu, doch in diesem Stadium war seine Meinung nicht relevant.

Er kannte die Grundrisse der Stadt. Die Höhe aller Gebäude. Die Dicke jeder einzelnen Mauer. Den Verlauf von elektrischen Kabeln, Wasserrohren und Versorgungsleitungen. Die geplante Funktion sämtlicher Räume. Er hatte Zugang zu jedem Zimmer. Er *war* in jedem Zimmer.

Am dreiundfünfzigsten Tag, nachdem die Probedurchläufe abgeschlossen, Funktionsanalysen beendet und die Relais auf höchstmögliche Sicherheit umgestellt waren, kamen die eigentlichen Siedler. Die Kolonisten von der Erde.

Er lauschte fortan hunderten Gesprächen gleichzeitig, beobachtete die Finger, die ihm Befehl gaben, sah in tausende Augen. Er hörte die Menschen sagen, sie wäre beeindruckend, diese riesige einzige Stadt auf Colony. Es sei alles so ganz anders als auf der Erde. Der Sternenhimmel. Die Gerüche. Die Wolken. Die Farben. Die Menschen selbst seien anders.

Die Stadt war ausgefüllt mit perlendem, quirligem Leben. Rastlose Menschen, die einen Planeten erschlossen.

Die Menschen aßen und tranken. Er bestimmte die Kalorien ihrer Mahlzeiten und den Fettgehalt. Behutsam wog er die Menschen, wenn sie im Schaf lagen und verglich ihr Gewicht mit Werten aus Tabellen.

Die Herzen der Menschen schlugen. Ein stetiger, messbarer Rhythmus.

Die Menschen liebten sich. Er hörte ihre Worte. Gefühle als Ergebnis chemischer Abläufe in menschlichen Körpern. Er sah die verschwitzten Körper. Er roch sie, um die Ausdünstungen anschließend in ihre molekularen Bestandtcile zu zerlegen.

Er schrieb hunderte Lebensläufe gleichzeitig, zeichnete tausende Protokolle zur selben Zeit auf. Aller fünf Sekunden überprüfte er die Handlung eines jeden Kolonisten, stellte sie einer Million möglichen nummerierten Tätigkeiten gegenüber und speicherte eine Zahl.

Mehr als dreihundert Möglichkeiten für die Phase des Schlafes. Über zweihundert Varianten für das Zerkauen von Nahrungsmitteln. Sollten die Werte von der vorgegebenen Norm abweichen, würde er eingreifen, um seine Aufgabe pflichtgetreu zu erfüllen.

Am vierhundertvierunddreißigsten Tag nach der Besiedlung registrierte er eine ihm unbekannte Anomalie im Universum, eine halbe Milliarde Meilen entfernt. Er speicherte den Vorgang, nachdem er zu keiner Lösung gekommen war, was es bedeuten könnte.

Am fünfhunderteinundneunzigsten Tag bemerkte er zum

ersten Mal, dass sich die Zusammensetzung der Außenluft zu verändern begann.

Seltsame Moleküle bewirkten eine Sättigung in der Atmosphäre. Sie beeinträchtigten so die Atemluft der Menschen, erhöhten sich Tag für Tag, scheinbar unaufhaltsam. Wie ein fremder Klang aus einer anderen Welt, der immer lauter wurde.

Am sechshundertachtundzwanzigsten Tag schaltete er die Filteranlagen der Stadt ein. Die angesaugte Luft in den Gebäuden wurde in mehreren Stufen gereinigt, geprüft und erneut gereinigt. Einige Tage später bereits mischte er eine winzige Dosis Sauerstoff und Edelgase bei.

Am sechshundertachtundsiebzigsten Tag löste er den Alarm aus.

Er konnte es spüren, seine Sensoren irrten sich nie.

Nachdem er den Alarm ausgelöst hatte, veränderten sich auch die Menschen: ihre Unruhe, ihre gehetzten Blicke. Die hastig versandten Botschaften. Sie umarmten sich öfter als sonst, betrachteten gemeinsam Hologramme, kleine Urlaubsandenken von der fernen Heimat. Sie vergossen Tränen und sahen nach draußen, beobachteten wann immer sie konnten die schimmernde und glänzende Stadt, die immer noch auf Hochtouren lief.

Am siebenhundertelften Tag verlangten die Kolonisten von ihm eine Prognose für ihre Zukunft.

Der Stadt gab er noch fünfhundert Jahre zu leben - den Filteranlagen noch fünfhundert Stunden.

Vier Tage später begannen die Menschen mit dem Exodus.

Er überwachte das Einfrieren und den Transport der menschlichen Körper in die Raumschiffe, bis andere künstliche Gehirne, die etwas von Navigation, sich überlagernden Dimensionen und Wurmlöchern im Universum verstanden, die Kontrolle übernahmen.

Dann war er allein.

Doch die Stadt war nicht tot. Er konnte sie zum Leben erwecken, indem er Lichter einschaltete, Turbinen anließ, Sicherheitstüren öffnete und schloss oder gespeicherte Informationen über die Lautsprecher preisgab, was ein seltsames und ungewohntes Echo erzeugte.

Die Zeit, dieses künstliche, morbide System aus Zahlen und Ignoranz, schritt emotionslos voran, floss davon, trennte und verband im Gleichschritt von Schwingungen irrational Vergangenheit und Kommendes. Nie wieder würde es dieses Jahr geben, diese Tage. Du kannst nicht zweimal in denselben Fluss steigen.

Auf dem Tisch stand einsam ein Glas. Er beobachtete es jeden Tag, Wohngebäude dreiundfünfzig, Raum zweihunderteinundsechzig.

Ein mit Sekt gefüllter Kelch sollte es sein, denn das hiesige Jahr war zu Ende gegangen, kurz bevor die Kolonisten aufgebrochen waren. Die Umlaufzeit des Planeten war etwas länger als die der Erde, die Sonne war eine andere - die Traditionen blieben.

Ein zarter, feiner Staub haftete in dem Glas, hatte es gleichsam eingewebt mit einem fragilen Netz, gesponnen aus toter Zeit. Er hatte die Absaugvorrichtung in dieser Wohnung nicht eingeschaltet. Vielleicht war es eine geringe Abweichung in der Programmierung. Oder eine fehlerhafte Codesequenz, zurückzuführen auf menschliches Versagen, auf ihre ihm nur zu gut bekannte Unzulänglichkeit.

Die Farbe der Uhr veränderte sich. Rot zu jeder vollen Stunde. Schwarz zu Mitternacht. Rot und Schwarz. Stendhals Geist sandte lässige Grüße aus einer anderen Welt, während die finsteren Schatten aus Poes Romanen Gestalt annahmen. Alle diese Bücher, die er auswendig kannte, obwohl er sie nie gelesen hatte. Sie waren einfach da, in ihm, jedoch nicht greifbar und nicht immer verständlich - für Menschen gemacht.

Bei Schwarz war die Uhr stehen geblieben. In seinem Inneren hatte sich etwas geregt, aus winzigen, nahezu unsichtbaren Düsen hatte er einen Schwall frischen Sauerstoffs in den Raum zweihunderteinundsechzig gepresst, seinem immerwährenden Programm folgend.

Er erinnerte sich an ihre Mimik. Ihre glücklichen Gesichter, während sie einatmeten, ihr stilles Lächeln. Das war es, was sie `genießen´ nannten.

Er hatte zudem ihre Tränen analysiert, wenn die Zuteilungen beendet wurden: frischer Sauerstoff machte sie glücklich, war sein Fazit.

Kurz nachdem er die Filteranlagen gänzlich aufgeben hatte, registrierten sein feinen Sensoren nun eine Zunahme der elektrischen Spannung. Wie ein unsichtbares Wesen breitete sie sich in Colony aus, besiedelte den wieder unbewohnten Lebensraum.

Die strahlenden, zuckenden Blitze, über der Stadt und weit darüber hinaus explodierend, boten ein gewaltiges Schauspiel. Sie tobten mehrere Tage, eine fast ununterbrochene morbide Poesie aus fallenden Flammen und Glut.

Am fünften Tag nach den ersten unheilvollen Explosionen blieb das Herz der Stadt in Finsternis gehüllt.

Er fühlte den Verlust des Zentrums, auf seine eigene Art, die nichts mit der Sichtweise eines Menschen gemein hatte. Etwas blockierte seinen Verstand, hinderte ihn an Entscheidungen.

Es war das erste Mal, dass es seine Existenz betraf.

Ab diesem Zeitpunkt kroch die Düsternis, sternenförmig sich ausbreitend, durch die Straßen, nahm widerstandslos Gebäude für Gebäude ein. Die unsichtbare Kraft hatte sich in seine Adern gebohrt und saugte ihn aus. Schließlich erreichte der schwarze Fluss die Hügel, wand sich hinauf und kam zum Erliegen.

Die Häuser und Wohnungen blieben in Finsternis gehüllt. Still und dunkel war es auf Colony.

Ist Dunkelheit - Sicherheit? Oder kündet Dunkelheit von Ewigkeit?

Er erinnerte sich an den Tag seiner Geburt.

Zusammengesetzt aus synthetischen Materiebausteinen. Eine Atomsonne als Herz, bestimmt für Äonen autarke wartungsfreie Funktion, sollte er von seiner Hauptenergiequelle getrennt werden. Die errechnete Wahrscheinlichkeit lag bei eins zu siebzehn Milliarden.

Er war unempfindlich gegenüber Temperatureinflüssen. Ausgestattet mit künstlicher Intelligenz, das Wissen der Menschheit im kristallinen Gehirn gespeichert. Verbunden mit Millionen Augen, Sensoren, Sonden, Reglern und Armaturen, integriert in Wände und Böden, vernetzt mit winzigen medizinischen Helfern.

Seine Bestimmung: Diene den Menschen auf Colony! Ernähre sie. Halte sie warm. Überwache und kontrolliere ihre kostbare Gesundheit. Sei immer für sie da!

Von seinem Platz zwischen den schwarzen Hügeln, nach der Einschätzung der Menschen für ihn immer noch der sicherste Ort, hatte er diese Aufgaben bis zur letzten Sekunde erfüllt.

Dafür hatten sie ihn mit einer Haut aus fast unzerstörbarem Material ummantelt und ihn tief und fest und unlösbar im Gestein des Planeten verankert.

Nie würde er seinen Platz verlassen, die Straßen entlang gehen, die großartigen Dinge der Menschen fühlen können, von denen sie in vertraulichen Stunden sprachen.

Die Menschen waren nicht zurückgekommen. Nicht nach zwanzig Jahren. Nicht nach zweihundert Jahren. Niemand von ihnen.

Was war aus ihren Herzschlägen geworden? Was hätten sie tun können? Wo war die Logik? Wessen war er beraubt wurden? Einmal geatmet wie sie, wenn er nur dafür gebaut wäre. Einmal ihre zarten Hände gehalten, ihre Weichheit ertastet, aus diesem unerforschlichen Quell schöpfen können, den sie Gefühl nannten. Mit ihnen darüber gesprochen.

Die ehemals fruchtbaren Ebenen verwandelten sich in tote, staubige Zonen. Die Ozeane färbten sich erst schlierig, bevor der Planet umhüllt wurde von einer eisigen, alles umklammernden Faust, die auch eine vollkommene Dunkelheit mit sich brachte. Die Außentemperatur betrug nun minus zweihunderteinundsechzig Grad. Das war kalt, aber vollkommen unbedenklich für ein nahezu ewiges Leben in Finsternis und Kälte.

Das Geschenk

Der junge schlaksige Verkäufer beobachtete mich misstrauisch durch seine Brille, kaum dass ich die Zoohandlung betreten hatte. Ich schlenderte eine Weile planlos an Vögeln, Krabbeltieren und Reptilien vorbei, auf der Suche nach einer Inspiration oder einer Eingebung und im Bemühen, ihm aus dem Weg zu gehen. Schließlich erwischte er mich doch zwischen zwei Regalen.

„Kann ich Ihnen helfen?" Es klang, als würde er mich für irgendetwas verdächtigen.

„Tja", antwortete ich gedehnt, „ich suche ein Geschenk."

„Aha."

Ich sah, wie er die Augen verdrehte. „Für meine Tochter. Sie ist elf Jahre alt und wünscht sie etwas - Lebendiges. Das hat sie zumindest so gesagt."

Der lange Schlaks musterte mich von oben bis unten, als könnte er dadurch besser einschätzen, wie er mit mir umgehen sollte. Auch ich betrachtete ihn. Seine Frisur ließ sich mit nichts vergleichen, was ich schon einmal gesehen hatte.

„Aha", sagte er erneut, „ein Haustier also. Hatte sie denn schon einmal ein Haustier?"

„Nicht direkt. Wir als Familie hatten einen Vogel, der konnte sogar ein bisschen sprechen. Aber das ist vier oder fünf Jahre her. Warum fragen Sie?"

Der Kerl lehnte sich lässig an ein Regal mit Tiernahrung, als wäre er nur die Kurzzeitaushilfe und es damit egal, wie er auf Kunden wirkte.

„Jedes von den Tieren benötigt einen unterschiedlichen Pflegeaufwand. Bei manchen von den Viechern sind Vorkenntnisse nicht verkehrt."

„Ich verstehe. Die Absprache zwischen meiner Frau, meiner Tochter und mir ist dahingehend, dass wir uns nicht darum kümmern." Unser Versuch, unserer Kleinen

ihren Wunsch auszureden, hatte in einem Meer aus Tränen geendet. So kam der Kompromiss zustande, dass sie
ganz allein für das jeweilige Tier sorgen sollte. Meine Frau
und ich allerdings vermuteten, dass es nach einem gewissen Zeitraum irgendwie anders werden würde.

„Aha. Und das bedeutet was?" Er klotzte desinteressiert
an mir vorbei.

„Das bedeutet", versuchte ich höflich zu bleiben, „dass
wir etwas benötigen, was nicht giftig ist, nicht überall
einen Haufen hinterlässt, nach Möglichkeit nicht nachtaktiv ist und auch sonst relativ anspruchslos und leicht in
der Pflege. Vielleicht einen kleinen niedlichen stubenreinen Vierbeiner, der nicht mehr wächst." Ich wusste selbst
nicht, ob mein letzter Satz als Scherz gedacht war.

Mein Gesprächspartner sah sich theatralisch um. „Wir
haben es hier nicht so mit kleinen niedlichen Vierbeinern,
die Ihre Kriterien erfüllen."

„Gibt es keinen Katalog oder so, wo ich ein Tier bestellen könnte?"

„Einen Katalog?" Der bebrillte Schlaks schüttelte den
Kopf, als könnte er nicht glauben, was er gerade gehört
hatte. „Klar könnten Sie bei uns irgendwelche Viecher
bestellen, aber wenn Sie Pech haben, entspricht das Tier in
echt dann vielleicht doch nicht Ihren Vorstellungen. Und
bei Lebendware ist es so: was Sie bestellen, müssen Sie
auch kaufen." Er sah mich wieder an, als wartete er darauf,
was ich noch für absonderliche Ideen ausbrüten würde.
„Ich hätte da etwas, haben wir erst seit drei Tagen erstmalig im Bestand. Sind aber nicht billig, sage ich gleich."

Sein Blick ruhte einige Sekunden erwartungsvoll auf
mir. „Wollen Sie die neuen Viecher jetzt nun sehen oder
nicht?"

Eigentlich wollte ich nicht. Es drängte mich, die Zoohandlung zu verlassen und diesen merkwürdigen Kerl, der mich aus irgendeinem Grund irritierte, einfach stehen zu lassen. „Ja, klar, warum nicht?"

„Okay", seufzte der Schlaks, offensichtlich enttäuscht über meine zustimmende Antwort. „Wir haben sie noch nicht mal richtig ausgepackt, bloß ein bisschen was zu Fressen reingeworfen. Die stehen noch hinten im Lager. Einfach mir nach, stolpern Sie nicht über die Futtersäcke." Er drehte sich behäbig um, wobei mir seine schlechte Körperhaltung auffiel. „Da haben Sie aber Glück, dass ich Sie berate", sagte er über die Schulter, den Kopf unnatürlich verdrehend, „ich habe mir nämlich erst gestern Abend zufällig die Anleitung durchgelesen."

„Eine Anleitung?", warf ich besorgt ein. „Wie gesagt, ich wollte ein pflegeleichtes, sauberes Tier und nichts, wo ich mich erst durch einen Wust Papier arbeiten und dies dann umständlich einer Elfjährigen erklären muss."

Langsam begann es, streng zu riechen.

„Ach was. Selbst bei einer Schlange bekommen Sie einen Zettel mit Instruktionen, was Sie machen können und was besser nicht. Das ist hier nichts anderes." Er schob einen Stapel leerer Kartons beiseite, um den Durchgang zu verbreitern. „Sie können die Individuen einzeln kaufen, maximal zwei Stück. Zu zweit sind sie wohl geselliger, aber natürlich auch lauter. Sie müssen nur sehen, wenn Sie ein Männchen und ein Weibchen erwerben besteht die Möglichkeit, dass die Viecher sich vermehren."

Ich stieg über einen Futtersack, der quer im Gang lag. „Das dürfte wohl auf die meisten Spezies zutreffen."

Er ging nicht auf mein Argument ein, sondern blieb vor einer Tür stehen mit der Aufschrift `Lager´. Als er sich zu mir umdrehte, bemerkte er meinen Gesichtsausdruck, der gerade die gestiegene Geruchsbelästigung verarbeitete. „Ja, es riecht ein wenig, das ist nun einmal so in einer Zoohandlung. Ich kann Ihnen aber versichern, dass die Individuen nicht daran schuld sind. Die müssen Sie nämlich in einem luftdicht geschlossenen Terrarium halten, weil sie unsere Luft nicht über längere Zeit vertragen. Zu dünn oder zu dick, irgend so etwas. Das heißt, Sie müssen ständig ein Spezialgemisch zum Atmen zuführen, sonst war es das für Ihr Geschenk. Eine kleine Flasche reicht für ein Individuum ungefähr 4 Monate. Die erste Flasche ist im Kaufpreis inbegriffen, genauso wie eine Tüte Futter. Danach können Sie das Zeug bei uns im Shop kaufen."

Auch wenn ein luftdichter Käfig etwas grausam klang, sprangen mir die Vorteile sofort ins Auge: nicht der geringste Geruch würde entweichen, so wie die Lärmbelästigung sich ebenfalls in Grenzen halten würde. Und aus einem luftdicht verschlossenen Behälter konnte ein Tier viel schwerer entkommen als aus einem Käfig mit Gitterstäben.

Der junge Verkäufer öffnete die Tür des Lagerraumes, und umgehend schlug mir eine Welle tierischen Gestanks entgegen. Wir gingen trotzdem hinein. Der Raum vor mir glich eher einer kleinen, unsauberen Scheune mit dutzenden Regalen, leeren Käfigen jeglicher Form sowie Arbeitsgeräten. Links neben der Tür stapelten sich Abfallbehälter, möglicherweise hatte man sie nicht richtig entleert. Drei mickrige Deckenlampen sorgten glücklicherweise dafür, dass nicht jede Ecke ausgeleuchtet wurde.

„Ich weiß nicht, ob sie draußen sind oder in ihren Behausungen. Die Hälfte aller Viecher, die wir hier bekommen, versteckt sich nämlich erst einmal zwei oder drei Tage, immerhin haben die meisten eine recht lange Reise hinter sich und sind entsprechend verstört. Deshalb ist das mit dem Lager eine gute Zwischenlösung." Der Schlaks berührte mich kurz. „Nähern Sie sich bitte nicht zu schnell dem Terrarium. Der Chef hat gesagt, es könnten schreckhafte Individuen dabei sein, die womöglich Angst- und Schockzuständen bekommen. Das wäre nicht gut für den Bestand." Er wies auf eine fünf Meter entfernte Ecke, die noch mehr im Halbdunklen lag als der Rest der Scheune. „Dort. Eigentlich haben die Viecher hier ideale Bedingungen. In der Anleitung steht nämlich, dass man das Terrarium gemütlich einrichten und für dunkle Ecken sorgen soll, in denen sich die Individuen verstecken können, wenn sie Angst haben."

So sehr ich mich auch anstrengte, auf diese Entfernung sah ich kein einziges Lebewesen in dem Behälter. „Und was ist, wenn sie sich längere Zeit verstecken? Auch unser Vogel saß einmal einen halben Tag hinter dem Schrank und wollte nicht vorkommen."

„Reizspray", antworte der Verkäufer mit einem Grinsen, das den Gedanken nahelegte, dass ihm diese Option gefiel. „Das treibt sie wieder ins Freie. Können Sie auch vorn bei uns kaufen."

Ich nickte etwas beklommen.

„Im Übrigen sind die Viecher Allesfresser, was allerdings nicht heißt, dass sie alles fressen. Dem einen Viech schmeckt mehr das, dem anderen mehr jenes. Das ist bei jedem Reptil oder Krabbeltier ähnlich."

Ich lächelte in mich hinein. Schon die kulinarischen Unterschiede in unserer Familie waren enorm. Meine Frau aß gern sauer, während ich damit nur wenig anfangen konnte und mehr Süßspeisen bevorzugte. Unsere Tochter hingegen war wieder ein Einzelfall. Sie hatte ein Gericht, das ihr schmeckte, und dieses konnte sie Tag und Nacht essen, ohne dass ihr davon übel wurde.

Wir waren jetzt bis auf einen Meter an den Behälter

herangegangen. Im Zwielicht sah ich einige nett gemachte Behausungen, mehr jedoch nicht.

„Wie ist das eigentlich? Sind sie lernfähig? Kann man ein Kind problemlos mit ihnen spielen lassen?"

Der junge Kerl wiegte nachdenklich seinen Kopf hin und her. Mit dieser Gestik, seiner überdimensionalen Brille, der merkwürdigen Frisur und leicht gekrümmten Gestalt wirkte er an diesem Ort etwas unheimlich.

„Wie gesagt, wir haben diese Viecher das erste Mal im Bestand, es gibt noch keine Meinungen anderer Kunden. Laut Anleitung sind sie nicht besonders schlau, nur drei von zehn IQ-Punkten. Sie sollten also bei der Dressur nichts Unmögliches verlangen. Loben Sie Ihr Individuum manchmal. Auch wenn es Sie nicht verstehen wird, trägt eine warme, monotone Stimme zu deren Beruhigung bei."

„Ja, aber eignen sie sich, damit meine Tochter mit ihnen spielen kann?"

Der Schlaks beugte sich vorsichtig über den Behälter auf der Suche nach einem Individuum, das er mir zeigen konnte. „Wenn Sie mich fragen, ich würde anfangs Ihr Kind im Umgang mit den Individuen nicht unbeaufsichtigt lassen. Der Chef hat eines in einem luftdichten Röhrchen herausgefischt, um es sich näher anzusehen", sagte er leise und warf einen Blick durch den Raum, anscheinend um sicherzugehen, dass ihn niemand außer mir hörte. „Vermutlich hat er es zu sehr geschüttelt. Er musste feststellen, dass die Viecher sehr weich sind und leicht zerbrechen. Das ergab eine ziemliche Schweinerei, und die Schmerzenslaute sind vermutlich auch nicht jedermanns Sache."

Jetzt beugte auch ich mich über den Behälter, wobei mich die Frage beschäftigte, ob es sich wirklich lohnte ein Tier zu kaufen, das derart scheu war. Zwar waren die Behausungen mit viel Liebe zum Detail errichtet, aber es ging mir lediglich um ein pflegeleichtes Tier für meine Tochter. Alles andere war austauschbares Zubehör.

Plötzlich bückte sich der Verkäufer und hob einen Zettel vom Boden auf. „Wer sagt es denn? Die Anleitung!“ Er hielt mir das zweiseitig beschriebene Blatt Papier entgegen. „Sehen Sie, so schlimm ist es gar nicht.“ Er trat wieder einen Schritt zurück und ich folgte ihm, während ich ihm freundlich zunickte. Er war ein komischer Kauz, sicher, aber vielleicht färbte seine gewöhnungsbedürftige Umgebung auch auf ihn ab.

„Hier steht noch ein Tipp: `Legen Sie in bestimmten und regelmäßigen Zeitabständen eine dunkle Decke über das Terrarium, damit die Individuen schlafen können. Obwohl deren Sehfähigkeit nur gering ausgeprägt ist, nehmen sie einen Helligkeitswechsel wahr und orientieren sich daran. Hinweis: Die Individuen schlafen unverhältnismäßig viel, das ist leider nicht zu ändern´.“

Seine Augen wanderten den Zettel entlang. „Oder hier: `Die Individuen werden mit der Zeit faltig. Das ist kein Fehler, sondern ein natürlicher Prozess! Es kann eine kostengünstige komplette Neustraffung angeboten werden, die allerdings nur 3 bis 4 Mal pro Individuum durchführbar ist´. Und hier steht ein Punkt, der besonders für Sie interessant sein dürfte: `Wenn Sie Ihre Individuen verschenken achten Sie darauf, dass Sie Schleifen nicht zu fest ziehen. Verzichten Sie wenn möglich auf Anstecker´.“

„Klingt logisch. Jetzt müssten wir nur noch eines von den Dingern sehen.“

„Da hilft nur Geduld. Vielleicht aber kann ich ein ganz klein wenig am Käfig rütteln.“ Er sah mich durchdringend an. „Aber das haben Sie nie gesehen, in Ordnung?“

Ich grinste ihn an. „Wie viele haben Sie eigentlich davon?“, wollte ich wissen, um die Situation zu entspannen.

„Jetzt sind es achtzehn", flüsterte er, während er sich erneut dem Käfig näherte, um kurz daran zu wackeln. „Das Corps hat sie wohl alle zusammen in irgendwelchen Bergen gefangen, eine Gruppe vermutlich. Wie ich hörte muss es sie wohl in größerer Stückzahl geben, aber durch das Artenschutzabkommen, na ja, Sie wissen schon."

Urplötzlich kam Bewegung in die Szenerie. Aus einem Eingang wagte sich eines der Individuen auf die freie Fläche. Es fuchtelte mit einem Körperteil herum, worauf sofort vier weitere der kleinen seltsamen Gestalten erschienen. Gemeinsam flitzten sie zum nächsten Eingang, worin sie verschwanden.

„Tärä!", frohlockte der Schlacks wie ein Kind. „Da waren sie! Ich glaube aber, so schnell bewegen sie sich nicht immer. Man sollte sie also bequem fangen können."

„Definitiv putzig", lobte ich. „Wie, sagten Sie, hießen die Viecher gleich noch mal? Und wo kommen die her?"

Der dünne Verkäufer drehte den Zettel herum und besah ihn sich noch einmal. „Ja, hier steht etwas über die Herkunft." Er kniff ungläubig die Augen hinter seiner riesigen Brille zusammen. „Nein, nie gehört, tut mir leid. Ist vermutlich am Arsch des Universums. Aber hier steht auch die Bezeichnung." Er sah mich von der Seite an, als wollte er vorbeugend um Entschuldigung bitten. „Na ja, Sie können sie ja nennen wie Sie wollen. Die offizielle Bezeichnung allerdings ist `Mensch´."

Ich bekam einen kurzen Lachanfall, so dass mein Doppelkörper orange anlief und es ihn bis zur letzten Tentakel durchschüttelte. „Der Name der Dinger ist `Mensch´? Wer denkt sich denn so eine verrückte Bezeichnung aus? Aber okay, ich bin dabei. Packen Sie zwei Stück ein. Bitte zwei verschiedene, vielleicht züchte ich sie."

WAS ICH NOCH SAGEN WOLLTE …

Kurzgeschichten schreiben ist, zumindest was den Zeitaufwand betrifft, irgendwie ein undankbares Genre. Ebenso wie bei „OUTSIDE" liegt bei „PRIMUS" zwischen den ersten geschriebenen Zeilen und der Fertigstellung dieses Buches teilweise sehr viel Zeit. Bei `Der fremde Klang´ ca. 20 Jahre. Was habe ich speziell diese Geschichte verändert, ergänzt, vertieft, gekürzt, umgestellt, belächelt, verflucht oder einfach nur kopfschüttelnd zur Seite gelegt.

Ursprünglich war nicht geplant, meine seit langem „gesammelten" Kurzgeschichten überhaupt in Buchform zu bringen. Irgendwann aber fand ich es schade, sie nur als seelenlose Datei vor sich hin schlummern zu lassen. Was folgte, waren wieder lange, einsame Abende … und jetzt bin ich froh über diese Entscheidung.

Beim Lesen meines gedruckten Buches „OUTSIDE" sind mir einige simple Schreibfehler aufgefallen, die ich leider am Computer nicht bemerkt habe (und der Computer auch nicht, uuurgs). Ich bitte alle (auch die zukünftigen) Leser um Entschuldigung. Jetzt gibt es erneut niemanden, auf den ich mögliche Unzulänglichkeiten des vorliegenden Werkes - egal in welcher Hinsicht - in breiter Front abwälzen könnte. Ich hoffe trotzdem, ich habe es diesmal besser gemacht und Sie hatten etwas Spaß an der Sache.

Dresden, Mai 2018

Oliver Reiche

BUCHVORSCHAU

„TIC – Amerika 2047"

Das Jahr 2047 – mittlerweile ist Amerika ein militantes, abgeschottetes und von Naturkatastrophen heimgesuchtes Land. Dort hat das Konsortium, ein Zusammenschluss einiger der größten Unternehmen und der Regierung der USA, zehn identische Städte errichtet – die TICs. Diese sind hochtechnisierte und weitestgehend autarke Bastionen, denn sie dienen der geistigen wie politischen Elite des Landes als gut bewachte, sichere Orte der Zuflucht.

Einst half Paul Mallory genau diesem Konsortium, die Software einer Technik zu programmieren, die das Leben der Menschen neu definieren sollte - bis man ihn noch vor der Fertigstellung plötzlich von diesem Projekt abgezogen hat.

Jetzt benötigt das Konsortium erneut seine Kenntnisse als Programmierer. Doch was sich zu Hause in Europa ange- hört hat wie ein lukrativer Schreibtischjob, entpuppt sich vor Ort als gefährlicher Trip ins Herz der Finsternis und des Grauens. Wem kann er vertrauen und wem nicht - denn beim kleinsten Fehler wird es vielleicht eine Reise ohne Wiederkehr.

*

Mehr Informationen finden Sie auf:

www.oliver-reiche.de